Frissons Nocturnes

Tome 2 :

Coquineries littéraires

Bleue

FRISSONS NOCTURNES

Tome 2 :

COQUINERIES LITTÉRAIRES

Bleue

So ROMANCE

www.soromance.com

FÉVRIER

Chapitre 1

On était en février. Elle portait, au-dessus de son chandail noir et de sa robe de la même couleur, une veste en daim un peu cintrée. Sur ses cheveux couleur châtaigne, son éternel couvre-chef noir. Aux jambes, des collants fantaisie. Aux pieds, des chaussures plates vert pétrole. Un grand fourre-tout, une écharpe et des gants de la même couleur. Elle se dirigea en courant presque vers le bâtiment de Radio-Sonik et s'y engouffra rapidement : il faisait froid et elle était en retard.

L'ascenseur tardait à arriver. Cette fois, elle ne prendrait pas l'escalier : tant pis s'il était 22 heures juste quand elle franchirait la porte du studio au troisième étage. Agathe serait sans doute en train de désannoncer ses *Frissons noctambules*. Marine, Bleue pour les auditeurs, savait pertinemment où se trouvaient les feuilles avec les textes qu'elle aurait à lire durant « son » émission, une heure de chuchotements et de jeux de lèvres (c'était le cas de le dire).

Elle s'était mise en route avec les pieds de plomb : cela faisait un peu plus de deux mois qu'un nouveau sonorisateur avait pris place derrière la console. Il faisait bien son job, ça, c'était incontestable, mais ce n'était pas… Adam…

Adam… Ce prénom résonnait si tendrement dans son esprit.

Elle entra dans le studio minuscule, s'installa face au micro en déposant sur la table les cinq feuillets sur lesquels figuraient les textes choisis par la programmation. Tout son enthousiasme avait disparu. Il y a un peu plus de deux ans, elle attendait le mercredi soir avec fébrilité. Qu'elle se pomponnait. Qu'elle mettait un soin tout particulier à choisir ses tenues, à se coiffer, se maquiller. Mis à part ce parfum de rose dont elle déposait quelques gouttes au creux de ses poignets et sous ses oreilles, dans le petit creux où il aimait tellement l'embrasser, que restait-il ?

Leur histoire feutrée s'était terminée brutalement. Elle en souffrait toujours… Et dire que quand tout avait commencé, elle avait eu des craintes en raison de leur différence d'âge. Non, elle ne s'imaginait pas que si elle se retrouvait seule, c'était simplement pour cette raison. Il avait, à présent un poste à temps plein dans une radio nationale et… il y avait rencontré quelqu'une qui lui avait tourné la tête. Marine n'avait fait que la croiser, mais elle avait vite remarqué les regards amoureux que cette demoiselle lançait à Adam et celui-ci, bien que sa relation avec Marine semble stable, avait mis de plus en plus de distances entre eux. Un beau jour, il lui avait carrément annoncé qu'il ne travaillerait plus pour Radio-Sonik, qu'il avait été engagé à Bruxelles et qu'il y resterait. Il n'avait pas abordé vraiment ce qu'il se passait avec Nadège, mais quand Marine l'avait aperçue, un soir, après un concert, elle avait compris.

Nadège était brune, elle avait des yeux noisette. Elle était plus grande que Marine, plus jeune et plus fine aussi : une liane… alors que Marine était plutôt une « belle plante », avec des formes aux bons endroits.

La jeune femme n'était pas dupe. Adam, secret comme à son habitude, n'avait pas parlé de Nadège dans un premier temps, mais il était devenu plus froid, plus silencieux, aussi. Il donnait l'impression d'être mal à l'aise chaque fois que

Marine et lui étaient ensemble. Il finit par lui avouer que Nadège et lui avaient déjà passé des moments à deux, soulignant le fait que c'était « en tout bien tout honneur » et son amie comprit qu'il était inutile d'essayer de le retenir : il trouvait visiblement davantage de plaisir à être avec la jeune fille qu'avec elle...

Marine ne lui fit pas de scène : elle était consciente que c'était inutile. Elle connaissait trop bien Adam et savait que quand il avait décidé quelque chose, il s'y tenait. Ils se séparèrent donc. Le jeune homme semblait tout de même bouleversé par leur rupture. C'est pour cette raison qu'il remit sa démission à la radio où ils travaillaient tous les deux. Croiser Marine chaque semaine et sonoriser sa jolie voix, ce serait vraiment difficile, autant pour l'un que pour l'autre...

Les choses avaient beau s'être déroulées sans heurts, sans scènes et sans cris, la rupture avait été douloureuse pour chacun. Peut-être aurait-ce été plus simple s'ils s'étaient vraiment déchirés. Au moins, les derniers souvenirs qu'ils partageaient auraient été mauvais et faire son deuil se serait avéré plus simple. Mais ici, tout était compliqué : pas de disputes, pas de coups en douce, pas de tromperie. Adam, très calme et très sûr de lui, l'avait quittée sans grand tapage. Il n'était pas fâché, non. Il était simplement « plus » intéressé par cette Nadège qui levait vers lui des yeux énamourés. Marine n'aurait jamais fait ce genre de chose, même si elle aimait profondément le jeune homme. Elle trouvait cela indécent. Et comme il était tellement discret, elle s'était dit qu'il n'aurait pas aimé les manifestations trop intéressées. Elle s'était toujours abstenue de le regarder béatement quand ils étaient en public. La retenue, toujours la retenue. Il était presque certain qu'il ne s'en était jamais vraiment rendu compte. Au moment où ils s'étaient séparés, elle s'était mordu les doigts de ne pas avoir été plus démonstrative. Et puis elle s'était résignée. De toute manière, Nadège avait pratiquement la moitié de son âge. Même si Marine et Adam s'entendaient bien, le couple n'était pas appelé à durer toujours. L'homme aurait sans doute envie d'avoir des enfants. Quant à elle, oui, elle s'était imaginé être leur mère, mais… Leur situation était compliquée.

La jeune femme avait donc pris place sur la chaise face au sonorisateur. C'était plus fort qu'elle : elle cherchait à retrouver dans les traits et l'allure de l'homme ceux d'Adam. Il ne lui ressemblait absolument pas : celui-ci avait des cheveux très foncés et des yeux marron. Il devait être un peu moins grand et peut-être un peu plus fort. La seule chose qui aurait pu être commune, c'était leur calme.

Les feuillets étaient posés devant elle. Au programme, trois lectures, comme d'habitude. Elle avait pris connaissance de leur contenu le samedi précédent. L'une concernait une histoire de soumission. À force, elle se sentait plus à l'aise dans ce genre d'histoire. Une autre parlait d'échangisme. Pareil : elle était, avec le temps, devenue moins pointilleuse sur les choix du programmateur. Quant à celle qu'elle avait sélectionnée, elle ne parlait ni de plaisir buccal ni d'initiation. Elle aurait été trop troublée de se replonger dans les sujets qu'elle choisissait pour plaire à Adam.

Le sonorisateur avait mis le générique en route. Quelque chose d'assez suave : absolument pas du jazz et encore moins du sax. Elle mit son imagination sur pause et se concentra sur le ton qu'elle allait prendre pour lire le premier texte. Sa voix s'éleva dès la fin de la musique.

— Chers auditeurs des *Coquineries Littéraires*, aujourd'hui, je commencerai par une histoire qui n'a rien de tendre. Il s'agit de domination... Il m'est arrivé de m'entretenir avec un soumis, mais cela ne ressemblait en rien à ce que je vais vous lire.

Derrière sa console, l'homme qui mettait l'émission en ondes lui fit un petit sourire. Il devait se rendre compte du fait qu'elle luttait contre son envie de pleurer.

Elle se lança. Elle commença par donner le titre de la nouvelle : il s'agissait de « *Leçon de traîtrise à destination de maîtres par trop négligents* »[1]. Ensuite, elle présenta le contexte de l'extrait qu'elle allait lire : il s'agissait d'une histoire assez glauque parlant d'un cadeau d'anniversaire. Les mots étaient tout aussi crus que la situation. Un maître « joue » avec une soumise. Au début du récit, l'homme entre dans un parking souterrain. Il doit aller uriner. Il gare sa voiture, en sort et se dirige vers les toilettes pour hommes. Alors qu'il a ouvert la porte d'une des toilettes, il voit une femme tout à fait recroquevillée sur elle-même. Il s'interroge sur la raison de sa présence, l'observe et la fait se relever...

« *Nue, entièrement nue, les pieds nus sur le sol. M'étais-je trompé de toilette ? Non. Un véritable urinoir pour hommes en était témoin — brillant comme un sou neuf...* »

Suivait la description de la créature : cela partait des pieds pour remonter jusqu'aux seins en passant par les cuisses, les fesses et les lèvres inférieures. Cela parlait aussi du fin duvet sur les avant-bras, du ventre et des hanches. La conclusion très courte était que l'homme la prenait pour un « spécimen rare ».

---

1. *Leçon de traîtrise à destination de maîtres par trop négligents* (texte extrait de *Osez 20 histoires de faits divers sexuels*) – Jon Blackfox

« *L'objet de sa présence ? Elle leva la tête de manière ostentatoire, et les yeux à l'identique. Cet épais collier de cuir ne m'était pas inconnu. Son seul artifice, où pendait une plaque métallique à la gravure équivoque. Sur une face, son NS, son numéro de soumise, numéro de série. Sur l'autre face, le nom de son propriétaire.* »

La lecture continuait : Mat avait les yeux écarquillés. Il est vrai que pareilles considérations étaient plutôt culottées et l'homme, même s'il restait silencieux, ne pouvait dissimuler son étonnement et son dégoût quant à ce qu'il entendait. Le programmateur de l'émission devait être tordu pour faire lire ce genre de chose à Marine. Mais celle-ci ne s'interrompait pas. Son visage exprimait la répulsion également, mais sa voix restait posée et parlait sans états d'âme.

« *Des fesses rondes comme tracées au compas. De petits seins presque plats, deux petits boutons qui lui donnaient une allure de jeune fille, malgré son âge mature. Des fesses marquées de traces horizontales violacées que je tapais pour en vérifier la fraîcheur. Elle couina quand je posai ma claque sur les traces du fouet.* « *Baisse les yeux* » *lui dis-je, le mot était sorti avant d'atteindre ma conscience. L'une des traces perlait de petites gouttes de sang microscopiques. J'en gardais l'arôme métallique sur la paume de la main.* »

Cela continua avec la description de l'insertion d'un des doigts de l'homme dans l'intimité de la soumise : comment il se rend compte qu'elle est excitée et ce qu'il découvre ensuite.

« *Sur son dos cambré, une inscription résolvait un mystère. Un message au feutre noir, tracé au gré de son dos musculeux : BON ANNIVERSAIRE, LORD, UTILISEZ-MOI À VOTRE GUISE.* »

Et puis, l'envie d'uriner reprenait l'homme, mais le jet se faisant attendre, il la brutalise pour s'exciter lui-même et lui flanque la tête dans la cuvette. C'est par le fait d'être excité par les outrages qu'il lui fait subir qu'il parvient enfin à se vider la vessie sur le visage, la chevelure, la gorge et les seins de la femme.

Suivent une fellation puis une claque monumentale sur la joue de cette dernière qui reprend des couleurs instantanément. Celle-ci se termine par un anulingus doublé d'une sodomie.

« Bien que n'ayant aucun moyen d'observer l'expression de son visage, je savais qu'elle le faisait sans dégoût, nul ne peut faire autant de bien en ressentant le moindre soupçon de répugnance. »

Mat était prostré : la nouvelle n'était pas terminée, mais Marine conclut cette lecture en expliquant de cet homme qu'il aurait tué une autre soumise portant une plaque d'identification pratiquement similaire à celle de cette femme avec qui il avait « joué » dans les toilettes. Une seule chose différait, le chiffre derrière le hashtag : #1 pour la morte, #2 pour celle qui l'a piégé puisque le récit émanait de l'homme qui avait été enfermé pour meurtre…

Mat lança la première musique d'interlude.

— C'est dur, cette histoire…

— Vous trouvez ?

— Oui… Je n'aimerais pas une relation pareille. Vous vous imaginez, cette pauvre fille nue, dans les toilettes, la figure dans la cuvette et cet homme qui lui… Oh, non, ça ne me plait absolument pas.

— C'est… pervers…

— Oui, c'est exactement ça. Comment peut-on accepter une telle situation et en redemander ? Je ne comprends pas.

— Il faut être dans le trip, comme on dit. Mais tous les dominants ne sont pas pareils, vous savez...

— Vous en... connaissez ?

— Pas vraiment. Par contre, je connais un soumis totalement adorable.

— Ah ? Vraiment ?

— Pas « vraiment »... Virtuellement, plutôt.

— Pourquoi le trouvez-vous si adorable ?

— Je pense qu'il était vraiment à la recherche d'une maîtresse. Il est entré en contact avec moi par le site de l'émission. J'ai reçu un message disant qu'il aurait aimé que je le tienne en laisse, que je lui fasse lécher mes pieds, ce genre de chose.

— Vous trouvez cela... adorable ?

— Non. Ce que j'ai aimé, c'est qu'il ait été là quand Adam et moi... Vous êtes au courant, n'est-ce pas ?

Le sonorisateur eut un petit sourire un peu triste et il fit signe à Marine que la musique était pratiquement terminée et qu'elle allait devoir passer à la suite. Un récit d'échangisme. C'était assez cru, très descriptif. Il n'y avait pas vraiment de quoi être choqué sauf si c'était la première fois qu'on écoutait l'émission. Les habitués aimaient ce genre de littérature pas trop soft. Elle se fiait à son instinct. Et de toute manière, ce n'était pas elle qui avait choisi ce texte-là. L'homme derrière sa console souriait de temps en temps : il avait l'air d'apprécier. La lectrice se demandait où « on avait été le chercher ». Ce n'était pas donné à tout le monde de gérer une émission pareille. Elle eut une bouffée de nostalgie : elle se souvenait d'Adam, de leur trouble la première fois qu'il avait été en face d'elle, à l'écouter « minauder des cochonneries », comme il disait. Combien ils avaient été heureux et leur collaboration agréable !

Elle commença sa lecture en citant l'auteur : « Découvrez le texte de Peter Cedoree[2].

Stéphanie m'embrassa, mais je ne pouvais détourner les yeux de ma femme se glissant contre un inconnu et plongeant immédiatement la main vers son entrejambe. Elle caressait déjà le sexe d'Antoine, prête à l'extraire de son pantalon quand il suspendit son geste et l'embrassa à son tour. Leurs lèvres se rejoignaient dans un baiser plein d'excitation, mais elle ne s'arrêta pas pour autant, peut-être pour ne pas perdre courage et défit la braguette du beau brun.

Elle était belle. Je savais que ma femme était belle et désirable, mais la voir ainsi m'emplissait de fierté, de désir de tout son être et d'amour.

— Tu préfères attendre un peu et les regarder ?

Je ne pouvais prononcer un son, et dut acquiescer de la tête pour lui répondre, elle me sourit.

— Je comprends. Même si je suis un peu jalouse, ta femme est très belle.

Je sais, pensais-je. Je savais, et je sais encore que ma femme est magnifique. Quant à être jaloux, un sentiment étrange d'amour pour elle et de jalousie profonde m'enserrait le cœur alors que sa main plongeait dans la braguette désormais ouverte d'Antoine. Elle en extirpa un sexe à demi bandé, qui n'était sans doute pas beaucoup plus long que le mien, mais bien plus large, et sa main s'enroulait autour déjà alors que leurs lèvres ne se séparaient pas. Elle jeta un coup d'œil vers moi et lâcha un instant le sexe de cet autre que moi.

Alors que Stéphanie glissait à genoux et s'activait sur ma braguette, je voyais Audrey se laisser aller contre Antoine, la main de celui-ci se glisser dans son décolleté et les yeux de biche de ma déesse de femme se fermer derrière le masque.

---

2. *Audrey dans les yeux de Julien* (texte paru sur Chuchote-Moi) – Peter Cedoree

Stéphanie sortit mon sexe au même moment qu'Audrey abaissait sa robe sur son ventre pour offrir ses seins aux caresses d'Antoine. Ces seins qu'elle trouvait trop petits, qu'elle pensait trop abimés par nos garçons, ces seins qui étaient parfaits pour moi, car c'étaient les siens. Ces seins-là étaient dressés par l'excitation, elle brûlait de désir, et cela se voyait. C'est à peine si je sentais la bouche de Stéphanie autour de mon sexe, il y avait pourtant longtemps que je ne m'étais pas senti aussi dur.

Audrey se pelotonna contre Antoine, s'adossant à lui sous son bras pour confier sa poitrine à ses deux mains tandis que la sienne allait et venait sur son membre. Il se leva un instant pour abaisser son pantalon et j'eus peur un instant qu'elle ne le prenne dans sa bouche, mais elle sembla se raviser.

Ma gorge était sèche.

Ils revinrent dans leur position si ce n'est qu'Audrey s'allongea à demi sur la banquette, un pied sur les coussins, la jambe repliée pour se laisser aller plus avant contre mon rival qu'elle enserrait dans ses doigts de gestes langoureux. »

La lecture se termina et le deuxième interlude lancé immédiatement après. Marine en profita pour boire une gorgée d'eau. Elle réfléchit à la manière dont elle allait présenter la dernière. Celle-ci était quelque chose de différent, avec de beaux mots comme aimait la jeune femme. C'était un texte qui racontait une véritable histoire mêlant rêve, poésie et sexe et c'était écrit par une toute jeune auteure. Il y avait des images douces et une profondeur dans l'écriture. La personne ayant écrit cela avait un vocabulaire riche pouvant servir la complexité des sensations et des situations imaginaires ainsi que les tourments du corps.

— À présent, un dernier texte qui parle de…

La voix de Marine s'était interrompue. Elle se plongeait déjà tout entière dans l'histoire d'une jeune fille éprise d'une statue.

— Mais écoutons plutôt le fantasme de cette demoiselle et comment il se réalise... Cela commence au Musée d'Orsay au cinquième étage... devant l'*Âge d'airain*...

« *Elle avait commencé par reconnaître ces fesses pommelées, ces cuisses musclées, ce ventre. Elle n'osait regarder ce sexe un peu trop petit à son goût qui ne ressemblait pas à celui de l'homme qu'elle connaissait. Elle s'était « prise d'amour » pour la plastique magnifique de cette statue. Apparemment, le modèle de la sculpture, c'était un soldat, un Auguste (elle sourit en lisant la description et les conditions dans lesquelles l'œuvre avait vu le jour) dont les « attributs » avaient été ôtés. Non, il ne s'agissait visiblement pas de ses attributs sexuels. On parlait là de son uniforme, de ses chaussures. Il était donc nu, comme un ver. Au départ, il portait une lance. L'arme avait été retirée, mais le mouvement du bras qui la portait conservé : il y avait juste plus d'ampleur dans le geste. Elle admirait la musculature à peine saillante et harmonieuse.* »

Cela continua au Jardin du Musée Rodin. Notre héroïne décide de s'y rendre afin d'être plus à l'aise pour admirer l'Âge d'airain. Elle s'imaginait qu'il serait mis en évidence, mais ce n'est pas le cas : il est simplement sur un petit socle. Un banc lui fait face. La demoiselle s'y assied et telle l'histoire du « spectre à la rose », s'endort. L'heure de fermeture approche : les derniers visiteurs sont priés de quitter le jardin et le musée, mais la jeune fille ne s'en rend pas compte. Elle s'est assoupie sur le banc face à son *Âge d'airain*.

La voix de Marine se faisait plus douce, à présent, pratiquement comme celle d'une adolescente...

« Derrière le banc, il y avait une azalée rose. Et c'est tout naturellement que plongée dans ses pensées, elle se laissa aller contre l'arbre en fermant les yeux. Les fleurs sentaient bon. De ce parfum d'été chaud, un peu prégnant. Elle était enivrée par les fragrances. La tête lui tournait.

Elle ne se rendit pas compte de l'arrivée du gardien qui était chargé d'avertir les derniers visiteurs que le moment de quitter les lieux était arrivé.

Dans un premier temps, celui-ci lui toucha le bras. Elle ne réagit pas.

Il avait peur de sa réaction le découvrant. Il s'assit donc à côté d'elle silencieusement.

Il était attendri de découvrir cette jeune femme qui, le nez en l'air humait les effluves d'azalées.

Il était attendri aussi de constater que sa poitrine se soulevait et qu'un petit sourire léger s'esquissait comme un vent frais sur ses lèvres.

— Prends-moi, mon bel amant...

Dans un souffle c'est ce qu'il avait cru entendre, mais n'était-ce que le fruit de son imagination ? Pourquoi une inconnue lui murmurait-elle cette invitation ?

Avec d'infinies précautions, il commença de lui caresser le menton, juste pour que son sourire continue d'exister. Elle soupirait d'aise. Il passait un doigt lentement sous son visage, de gauche à droite et de droite à gauche. Le sourire s'élargit un peu, le corps se détendit, la tête se rejeta en arrière, offrant tout loisir à l'homme de s'occuper de la gorge de la jeune femme. Cette poitrine qui bougeait de manière plus manifeste était une véritable invitation aux baisers. Avec toujours autant de douceur, il déposa ses lèvres à la naissance des seins de l'inconnue. Cela provoqua un petit frisson.

— Hmm... Tu es délicieux, mon bel amant... Ne t'arrête pas...

Encouragé, l'homme se concentra alors sur les cuisses de la belle endormie... Elles étaient à peine écartées. Il était certain qu'il lui serait impossible d'y fourrer la main. Par contre, deux doigts avaient la place et le loisir de s'introduire entre les jolies jambes et de remonter...

Le souffle de la jeune femme s'accélérait. Il y avait même des petits gémissements qui s'échappaient de ses lèvres.

Les doigts de l'homme continuaient leur trajet. Ils étaient à présent à la lisière du sous-vêtement. Tout ceci l'excitait énormément. Il se demandait jusque quand le « petit jeu » allait durer, si l'inconnue, se rendant compte de son aplomb à lui, n'allait pas lui flanquer une bonne claque ou hurler quand elle reprendrait conscience...

Mais pour le moment, les choses étaient simplement très douces, même si quiconque approchant aurait pu trouver la situation complètement déplacée.

Elle haletait, à présent, les cuisses ouvertes, tandis que les doigts de l'homme, ceux de sa main droite mis à part le pouce, s'insinuaient près de son sexe. Ils écartaient les lèvres humides et s'introduisirent dans l'antre trempé de l'inconnue.

— Hmmm, tes doigts en moi, c'est divin... Ne t'arrête pas, mon bel amant.

De sa main droite, maintenant, il taraudait son vagin. L'excitation montait en lui aussi. De sa main gauche, il soutenait le dos de la belle endormie. Il se sentait durcir, de plus en plus. Il ne disait rien. Il retenait ses grognements et ses soupirs. Et pourtant, combien il aurait voulu pouvoir se lâcher un peu ! Le plaisir n'allait plus tarder à arriver, ni pour elle ni pour lui...

Afin d'en finir, avec délicatesse et doigté, il atteignit le point G de la jeune femme et commença à le masser. Celle-ci poussa un petit cri, se raccrochant à lui, complètement chavirée...

— Oui... oui... Ouiiiiiiiiiiiiiiiiii...

Son éjaculation à lui fut simultanée. Comme il n'avait pas pris soin de retirer son pantalon et son boxer, il s'y répandit abondamment...

— Comme tu es bonne, furent les seuls mots qu'il prononça. Il était tellement éberlué de la force de leur orgasme qu'il ne put rien dire d'autre.

Ils étaient à bout de souffle l'un comme l'autre. Elle, toujours perdue dans ses rêves pour son bel « Âge d'airain » et lui, les doigts et le sous-vêtement trempés... »

Marine s'arrêta...

L'homme en face d'elle lui fit un signe de la tête : elle semblait mieux, à présent, comme si on lui avait permis de respirer à pleins poumons. Oui, c'était écrit par une femme et c'était sans doute pour cela que Marine, face à lui, semblait avoir repris le contrôle de ses émotions. Le langage des lignes qu'elle avait choisi de lire était très précis. Une perle, que ce texte. Il eut l'air de ne durer que deux ou trois minutes alors qu'il était bien plus long.

Sitôt terminé, le sonorisateur mit le générique de fin en route et muta le micro de Marine. Il voulait lui faire part de ses impressions.

— C'était joli, cette dernière lecture.

— Vous avez aimé ?

— Pas mal, oui.

— J'espère que cela aurait eu le même effet sur les auditeurs !

— Il suffira d'aller jeter un coup d'œil sur le blog de l'émission...

C'était vrai. C'était d'ailleurs de cette manière que les choses avaient commencé entre Arthur et elle un peu plus de deux ans auparavant. Une aventure virtuelle intense qui s'était arrêtée assez rapidement, d'ailleurs, au moment où... Adam et elle... Cela avait sonné le glas de la relation de Marine avec cet Arthur. Et puis il y avait eu ce Jean aussi, d'abord des échanges sur Twitter, ensuite un moment chaud sur Messenger et pour terminer, une rencontre réelle éminemment troublante avec cet homme au début de janvier, moins de trois semaines avant leur première nuit à Adam et elle...

Adam... Il allait lui falloir du temps pour effacer ces moments qu'ils avaient passés ensemble. Elle en était certaine. Elle était partagée entre le fait de ne garder que le bon, cultiver les souvenirs agréables et celui de tout oublier en bloc pour tenter lentement d'effacer les plaies et atténuer les cicatrices.

Il y avait d'abord eu ces tâtonnements, ces moments où on se dit « l'autre aimerait-il ceci ou cela ». « Ne vais-je pas le brusquer, le choquer ? ». Marine s'y entendait en propositions alléchantes. Elle s'était posée en initiatrice dès le début : pas pour s'en prendre à la jeunesse d'Adam. Plutôt pour lui faire du bien, l'épanouir. Et c'est ce qui s'était passé. Elle lui avait fait découvrir tantôt des choses douces, tantôt des pratiques plus sexuelles. Tout avait toujours été respectueux. Elle se rappelait avec nostalgie des moments où ils étaient seuls dans son appartement, les soirées plateau télé, les lectures privées qu'elle lui avait faites dans le salon ou la chambre, les jeux que l'homme lui avait proposés notamment avec les rubans bleus, leurs anniversaires respectifs et les cadeaux qu'ils s'étaient offerts. Elle avait posé pour un shooting boudoir. Quant à lui, il avait... osé... lui lire une histoire paraissant faite sur mesure pour eux : une femme plus âgée vit un moment sensuel avec un homme de son âge... Et puis il y avait eu les séjours à Venise, le WE à Paris et cette nuit douce et tendre dans un hôtel bruxellois...

Il n'arrivait pas un jour sans que l'une ou l'autre chose ne lui rappelle un événement se rattachant à leur histoire : la couleur vert écume d'un objet quelconque, quelques notes de sax, des ongles masculins coupés nets, une voix sourde... Elle se retrouvait avec la gorge remplie de sanglots et des larmes au bord des yeux. Mis à part Agathe, dans un premier temps, personne n'aurait pu imaginer combien elle se sentait triste : elle donnait le change, c'était manifeste.

Il fallait qu'elle reprenne pied, qu'elle recommence de vivre sans lui, à présent. Elle ne s'en sentait pas encore capable vraiment, mais si elle s'enfonçait dans la mélancolie, elle n'en sortirait jamais.

Ce qu'il faut savoir de Marine

Marine a fêté ses quarante-deux ans en août. Elle porte ses cheveux châtains mi-longs, a des yeux à la couleur incertaine entre le vert et l'orange et un nez en trompette. Elle est plutôt mince, mais pas menue. Elle est chaleureuse, a des gestes énergiques. Elle enseigne le français dans un collège et anime une émission de radio au cours de laquelle elle lit des textes érotiques le mercredi soir.

Elle habite près d'une jolie ville dans laquelle il y a encore des coins verts. Elle aime le jazz, les musiques un peu déjantées, les concerts. La lecture aussi.

Sa relation avec Adam a duré pratiquement deux ans. Leur rencontre s'est produite durant son émission radio. Le jeune homme assurait un remplacement comme sonorisateur des Coquineries Littéraires.

Elle a complètement craqué pour lui. Pas seulement l'extérieur, son allure, son apparence. Son self-control surtout, sa sensibilité aussi, la douceur et la tendresse qu'il lui manifeste.

Elle a une amie fidèle, Agathe, qui travaille dans la même radio qu'elle et qui présente une émission le mercredi soir également, juste avant les Coquineries Littéraires.

Agathe est sa confidente attitrée depuis que Marine et Adam ont rompu.

Chapitre 2 :
Retour au bercail

Taxi jusque chez elle. Son appartement se trouvait un peu à l'écart de la ville et plus aucun bus ne desservait l'endroit à cette heure-là. Il était pratiquement minuit.

En faisant le bilan de cette soirée, elle dut bien admettre qu'elle n'avait pas été si pénible que cela. C'était même le contraire. Le sonorisateur avait été parfait, tant au niveau de son travail que vis-à-vis d'elle. Il avait été attentionné et gentil, pas gnangnan. Juste humain. Et c'était déjà pas mal réconfortant.

Elle alla jeter un coup d'œil au blog de l'émission — il y avait deux commentaires qui étaient arrivés l'un vers 23 heures, l'autre quelques minutes auparavant — puis elle se mit au lit sans tarder. Elle se dit qu'elle répondrait aux auditeurs le lendemain matin, prit un livre et en commença la lecture.

Le sommeil la gagna rapidement.

***

Après avoir avalé son déjeuner, Marine répondit aux messages et commentaires postés par les auditeurs de l'émission.

— Où est-il possible de se procurer les textes que vous avez lus lors des *Coquineries Littéraires* ?

Il était aisé de répondre que cela figurerait sur le site de l'émission. Elle demanderait au programmateur d'ajouter les lectures du mois précédent dans un onglet spécial et le tour serait joué.

— Votre voix m'a charmé, troublé... Peut-on vous entendre ailleurs ?

Que dire ? Oui, il lui était arrivé d'enregistrer pour des maisons d'édition peu ou pas connues. En général, c'était du plus hard. Mais l'auditeur aurait-il envie de se farcir des histoires plus perverses, quoique la première l'était pas mal ? Et puis il fallait voir si les fichiers étaient toujours sur YouTube : avec les censures actuelles, il n'était pas certain que ce soit le cas. Elle irait jeter un coup d'œil et répondrait d'ici le week-end.

Voilà, une nouvelle journée s'annonçait. Il avait neigé et comme les routes de campagne où elle habitait n'avaient pas été dégagées, elle hésitait à sortir pour se rendre à son travail. Et de toute façon, ses élèves auraient les mêmes difficultés qu'elle à rejoindre le collège dans lequel elle enseignait le français. Elle prit donc son courage à deux mains et téléphona à la secrétaire des profs en disant que les conditions climatiques l'empêchaient de se présenter à 8 h 30 pour le début des cours et qu'elle verrait si le chasse-neige passerait plus tard dans la journée, qu'auquel cas, elle prendrait le bus et donnerait cours l'après-midi...

Elle retourna au lit après s'être fait un chocolat chaud et prit son ordi sur ses genoux. Elle aimait commencer la journée de cette manière : flâner sur Twitter et sur Facebook sans objectif précis. Traîner sur Amazon, simplement pour regarder les conseils des clients ayant consulté les mêmes articles qu'elle. Des chapeaux, des sorties littéraires, des bijoux fantaisie et des collants.

Lentement, elle sombra dans le sommeil. Elle rêvait...

Adam et elle étaient assis sagement dans le canapé blanc de la pièce à vivre de l'appartement de la jeune femme. Ils venaient de souper. Des noix de Saint-Jacques avec un verre de vin blanc. Et puis, ils s'étaient réfugiés dans le fameux canapé. Ils prendraient le dessert ensuite.

Adam voulait lui faire écouter le dernier enregistrement que sa petite formation de jazz et lui avaient fait d'une reprise toute fraîche. C'était sur une clé USB. La qualité du son était loin d'être parfaite, mais Marine aurait l'occasion de se faire une idée.

« Éléonore chante en français, cette fois ». Il mit le périphérique dans l'ordi portable de Marine.

Celle-ci se plongea dans la musique en fermant les yeux. Elle se rappelait ce concert auquel son ami l'avait invitée. Son talent à jouer du sax de manière si sensible. La façon dont les choses s'étaient passées ensuite. Combien Adam avait été tendre, gentil, attentif, mais aussi très inexpérimenté. Ils s'étaient aventurés dans des terrains non conquis par le jeune homme. Lui avec les doigts très agiles et la langue souple et délicate (elle se disait que c'était sans doute son art subtil à jouer de cet instrument). Elle avec attendrissement et patience (il avait repéré cette douceur innée, simplement en la regardant et en l'écoutant lire ses histoires un peu cochonnes sur l'antenne de Radio-Sonik).

Après une intro au piano, la voix de la chanteuse s'éleva. Elle était veloutée, un rien rauque. Elle parlait du « vrai amour ». C'était une cover de Lennon, quelque chose que Regina Spektor avait repris, elle aussi. John, le pianiste rêveur de la bande, avait traduit les mots et là, il fallait caler le texte en français pour que ça colle à la mélodie originale. Visiblement, ce n'était pas trop mal. Le groupe n'était pas au complet : juste Éléonore, John au piano, Adam au sax et, de manière très discrète, Seb, à la contrebasse.

Adam regardait la poitrine de la jeune femme se soulever, lentement. Elle était fatiguée de sa journée de travail au collège et avait les yeux mi-clos. Il se demandait si son amie aurait assez d'énergie pour… Il avait faim, encore, d'elle.

« Je pensais avoir été amoureux auparavant… Mais au fond de mon cœur, j'en attendais plus ».

Lentement, il passa un doigt sous l'oreille de Marine. Elle eut un petit sursaut, mais garda les paupières closes. Un sourire s'esquissa sur sa jolie bouche. *« Hmmmm, continue, ça me détend. »* Il ferma les yeux lui aussi. Il aimait savourer le contact de leurs peaux. Il se tourna davantage vers elle. Ses doigts jouaient avec ses cheveux, puis l'arête de son nez, son cou, revenaient vers le décolleté de son amie. Elle portait une petite blouse noire avec une encolure ronde un peu profonde. On pouvait distinguer, au travers de l'étoffe, le haut de ses seins qui pigeonnaient du soutien-gorge. C'est cela qui avait donné à Adam l'envie de la caresser.

« C'est l'amour, le véritable amour ».

La voix d'Éléonore s'était tue à présent. Après que le piano eut achevé son dernier petit motif balancé, il restait encore des sanglots du saxophone. Adam adorait ce genre de *vibes*. Si on l'avait laissé faire, il aurait improvisé de cette manière tout le long du morceau. Mais bon, il fallait demeurer raisonnable et ne pas exagérer. Puis ce fut le silence…

Enfin, presque.

Adam avait continué de caresser le visage de Marine et très tendrement, il avait posé le bout de ses doigts près du haut des seins de son amie. Il avait écarté un peu le tissu de la blouse et avait plongé le nez contre la poitrine de la jeune femme. Elle sentait bon… la rose, comme d'habitude. Avec beaucoup de précautions, il lui avait fait lever les bras pour retirer son haut.

Marine ouvrit les yeux. Les émotions étaient si vives qu'elle avait l'impression que ce à quoi elle venait de rêver était réel, que c'était des souvenirs d'un de ses premiers rendez-vous avec Adam. Elle sanglotait. Elle se sentait tellement perdue et si triste de leur rupture.

Il fallait que les choses changent, qu'elle retombe sur ses pieds, qu'elle fasse quelque chose, n'importe quoi, mais qu'elle agisse pour se sortir de là.

Elle décida de prendre une bonne douche. Depuis sa rupture avec Adam, elle ne se caressait plus sous l'eau chaude. Cela ne lui faisait plus envie. Elle se sentait s'éteindre, mais c'était sans doute une impression. Il aurait suffi qu'elle croise… Mais non, elle n'avait pas le cœur à cela non plus. Juste reprendre pied dans une réalité qu'elle s'efforcerait de considérer comme moins douloureuse. C'était juste un mauvais passage.

Le chasse-neige n'était pas encore passé dans la campagne où se trouvait son immeuble. Elle décida de prévenir le collège. Inutile de faire le pied de grue dans le froid en attendant un bus hypothétique… Elle retéléphona donc au secrétariat des professeurs. C'était vraiment une triste journée… Pour se donner du courage et se changer les idées, elle prépara des crêpes. Elle allait les accommoder avec de la cassonade et appela Agathe pour lui proposer de la rejoindre si cette dernière osait se mettre en route pour la campagne de Marine.

Son amie battit des mains. Une demi-heure plus tard, elles étaient assises dans le canapé blanc et papotaient de manière animée en dégustant ce que Marine avait cuisiné. Cela remontait le moral à cette dernière, leur conversation. Agathe raconta les potins de Radio-Sonik. Elle avait eu l'occasion d'avoir une info « brûlante » du directeur de la programmation. Une émission allait être ajoutée. Elle parlerait de musique et c'était elle, Agathe, qui avait été pressentie pour l'animer. Elle aurait lieu une après-midi en semaine et devrait démarrer d'ici le mois de mars. Elle semblait très emballée par la chose et elle communiqua son enthousiasme à Marine. Toutes les deux se disaient déjà qu'il « fallait inviter Apolline et Simon ». Aucun risque qu'Adam les accompagne : il était simplement l'ingé-son qui sonorisait les concerts de la jeune fille.

— Je pourrai assister à l'émission ?

— Bien sûr. Tu pourrais même l'animer avec moi.

— Pourquoi pas ? Il faudra juste que je m'arrange pour mes cours au collège, mais si c'est juste une fois, je pense que cela pourra passer.

Les jeunes femmes avaient les joues rouges de plaisir. Revoir ce couple bizarrement assorti qui n'en était pas vraiment un les réjouissait l'une comme l'autre. Elles échafaudèrent mille et un projets. Agathe remarqua avec contentement combien Marine s'était animée et en fut ravie. Peut-être l'avenir leur réservait-il des perspectives un peu plus heureuses.

Après avoir englouti toutes les crêpes à deux, elles se blottirent ensemble sous le plaid cerise et regardèrent une comédie romantique à la télé en sirotant un thé. L'après-midi avait passé bien plus vite qu'elles ne l'auraient imaginé. Et c'est tout sourire que Marine raccompagna son amie à la porte de son appartement : il était presque dix-huit heures. Le chasse-neige était enfin passé et la route était à présent dégagée.

Les jeunes femmes s'embrassèrent puis se séparèrent. Agathe était rassurée...

***

Marine était assise dans le canapé blanc. Oui, elle avait passé un moment charmant avec Agathe. Celle-ci s'imaginait sans doute que son amie allait bien. Cela lui avait donné un coup de boost, oui, mais elle était toujours dans ses chagrins.

Elle se rappelait les moments passés avec Adam. Il était clair que tout, dans cet appartement, était imprégné du jeune homme : ce canapé, le plaid cerise, la table basse... et le reste. Elle aurait pu évoquer un souvenir précis pour chacune des choses qui meublaient l'endroit. Le coussin rouge qu'Adam mettait sous la tête de son amie quand il la faisait se coucher dans le canapé. La table basse sur laquelle Marine déposait les plateaux télé qu'elle préparait quand ils se mettaient devant un film. La table à manger qui avait accueilli successivement les bouteilles de Saint-Julien et les desserts que la jeune femme concoctait avec amour pour son jeune amant. La salle de bain avec la cabine de douche minuscule dans laquelle Adam et Marine se retrouvaient pour batifoler et s'aimer tendrement ou plus crûment. Le miroir au plafond de la chambre qui reflétait tour à tour le dos large et puissant d'Adam et les fesses rebondies de Marine.

Il fallait qu'elle ne soit plus confrontée à tout cela. Cela la rendait trop malheureuse, tous ces souvenirs. Bien sûr, deux mois, ce n'est pas suffisant pour faire son deuil. Mais

comme les choses étaient toujours aussi douloureuses...
Remédier à cet état d'esprit en déménageant, c'était le truc
à faire !

Elle envoya un SMS à Agathe.

« J'ai un projet... On en parle mercredi prochain, autour
d'un petit dîner ? »

La réponse ne se fit pas attendre :

« Avec plaisir. Tu m'expliques en deux mots ? »

« Pas question. Comme ça, tu peux imaginer les choses
les plus folles ! »

Agathe savait que Marine pouvait être excessive,
complètement délirante et elle était certaine que si son
amie voulait garder le secret, c'était pour une raison
particulière... qu'elle allait tâcher de découvrir avant le
mercredi suivant.

Ce qu'il faut savoir au sujet d'Agathe

Agathe a le même âge que Marine, c'est à dire une bonne quarantaine d'années. Elle a les cheveux mi-longs tirant sur l'auburn. Ses yeux sont verts. Elle a une petite fossette au menton et un sourire resplendissant. Elle s'exprime avec emphase dans l'émission qu'elle présente (les Frissons Noctambules), mais pas du tout dans la vie réelle.

Elle est célibataire. Elle n'aime pas se fixer et sans être vraiment volage, papillonne pas mal, mais « just for fun ». Enfin, c'est ce dont elle aime se gausser parce que, dans les faits, les ruptures lui font mal. Cependant, elle se montre plus apte à oublier que son amie.

Mis à part son petit job à la radio, elle est critique pour un webzine concernant la culture. C'est pour cette raison que son carnet d'adresses est assez bien fourni et qu'elle est au courant des sorties littéraires et artistiques du moment. Elle ne manque pas d'en parler à ses auditeurs du mercredi soir.

Elle habite à quelques kilomètres de Marine. À ce moment de notre histoire, elle n'est pas en couple. Elle se met en pause sentimentalement, sa dernière histoire lui ayant laissé des souvenirs bien amers. Elle aime les hommes dynamiques. Son rêve, ce serait de rencontrer quelqu'un aimant les arts, les sorties, la vie nocturne, tout ce que Marine trouve un peu « extravagant ». Elles en parlent parfois et Agathe vanne son amie au sujet de ses préférences en matière d'homme. Celle-ci les préfère plutôt calmes et délicats...

Agathe suit les « aventures » de son amie. Par curiosité, oui, mais aussi parce qu'elle ne voudrait pas que quiconque rende Marine malheureuse. Elle est du genre protectrice et savoir que sa collègue puisse souffrir la dérange profondément.

Des deux, c'est Marine qui se confie le plus. Leur amitié dure depuis presque trois ans, le moment où elles ont commencé de bosser pour Radio-Sonik.

MARS

Chapitre 3 :
Projet de changement

Le jour J arriva rapidement. Marine n'avait pas eu de nouvelles récentes d'Adam et cela l'arrangeait bien. Elle préférait que les choses se passent de cette manière pour ne pas être tentée de changer d'idée.

Mais quelle était donc cette idée mystérieuse ?

D'abord, elle avait pensé se débarrasser de tout ce qui aurait pu lui rappeler le jeune homme. Mais au final, elle décida de carrément déménager. Elle avait consulté des sites immobiliers. Ce qu'elle cherchait, c'était un petit appartement de la taille de celui qu'elle occupait pour le moment. Il fallait qu'il soit lumineux et aussi plus proche du centre-ville. Peu importait qu'il avoisine le collège où elle travaillait : une situation centrale lui permettrait de se déplacer plus aisément et c'était ce qui comptait. Elle avait repéré un immeuble dans le bas de la ville et un autre plus cossu et plus ancien dans une rue proche du premier. Ce dernier lui plaisait vraiment. Il s'agissait plutôt d'un studio avec une chambre en mezzanine. Cela changerait de celui qu'elle louait à présent.

Elle voulait qu'Agathe l'accompagne pour revisiter ses trouvailles et qu'elle lui donne son avis.

Les amies se retrouvèrent donc pour dîner. Il faisait meilleur que lors de leur crêpes-party, mais pas encore assez chaud pour prendre leur repas dehors. D'ailleurs, aucune terrasse n'avait été installée malgré le petit chauffage fixé en hauteur, contre le mur du restaurant choisi par Marine.

Celui-ci proposait des salades, des demi-baguettes garnies et des toasts. Des desserts fameux aussi… Marine avait déjà eu l'occasion d'y aller quelquefois avec d'autres profs du collège. Elle savait qu'on y mangeait bien et comme c'était situé pas trop loin d'un des appartements qu'elle avait en vue, cela tombait bien. Il y avait quarante-cinq places à tout casser et l'endroit était bondé. Heureusement, Marine avait pris soin de réserver pour deux. On les installa à une petite table juste à côté de la cuisine. Des tas de choses préparées sur place. Des saveurs déclinées en trois possibilités : sandwich, toast ou salade. Et comme on était en hiver, il y avait même des recettes de saison : des croque-monsieur originaux, de la soupe et du camembert soufflé chaud dans sa boîte avec du sirop de Liège, des pommes et des noix. C'est d'ailleurs ce fromage qu'Agathe choisit tandis que Marine commanda les toasts Bi'stronome : pain de viande, parmesan, aubergines marinées et tomates séchées. Cela lui rappela ces superbes repas qu'elle avait pris avec Adam à Venise. Elle décida de se concentrer sur ce bon dîner dans une atmosphère chaleureuse avec sa meilleure amie et chassa ses souvenirs.

Elles se régalèrent et se firent offrir deux thés gourmands par le patron qui avait remarqué Marine. Celle-ci avait retrouvé son sourire et ses yeux pétillants et son regard avait croisé celui du tenancier de l'endroit à plus d'une reprise. Ce dernier n'avait pas été insensible à son charme…

— Alors, on bouge ? Qu'est-ce que tu as prévu pour la suite ?

— Et bien voilà : je voudrais t'emmener dans deux endroits et que tu me donnes ton avis…

— Yes, tu m'invites dans deux clubs échangistes : je ne savais pas qu'il y en avait ici…

— Mais non, enfin. Moi non plus, je ne sais pas s'il y en a ici !

Après avoir réglé le repas, elles se levèrent, remirent manteau, gants, écharpe et chapeau pour Marine et sortirent du restaurant. Le froid les surprit. Elles s'emmitouflèrent davantage et en se donnant le bras, se dirigèrent vers le premier endroit que Marine voulait montrer à Agathe.

***

Devant le vieil immeuble dans le quartier piétonnier, un jeune homme les attendait. Après les avoir saluées, il leur ouvrit la porte. Une lourde porte. Et leur fit signe de le suivre. Il s'engagea dans l'escalier, un « monument » large et imposant, en chêne massif. Il fallait grimper jusqu'au quatrième étage. Trois grandes volées, ensuite, une plus petite et plus abrupte. Muni d'une clé, il ouvrit la porte et là… Agathe resta bouche bée.

Entre l'endroit où elles avaient mangé et le lieu, Marine avait expliqué à son amie qu'elle cherchait un nouveau logement et qu'elle comptait sur elle pour se décider… Agathe était heureuse de la confiance que Marine lui témoignait.

Donc, les voici à l'entrée du studio. On ne pouvait pas parler de véritable appartement. Il n'y avait que peu de séparations : juste pour la salle de bain toute petite et le w.c.. Pour le reste, une grande pièce à vivre avec une kitchenette dans un coin, près d'une fenêtre. Au sol, un plancher qui donnait l'impression d'être aussi vieux que le reste du bâtiment. Les murs avaient été fraîchement repeints en blanc et cela donnait un caractère lumineux à l'endroit.

Les yeux de Marine brillaient. Agathe, quant à elle, imaginait déjà les petites soirées entre filles, les retours de restos, et elle aurait mis au moins nonante pour cent à l'endroit... Il fallait tout de même que les jeunes femmes aillent visiter l'autre adresse avant que la future occupante se décide. Elles dirent au revoir au jeune homme qui leur avait présenté le studio et se dirigèrent vers l'autre endroit.

Ce logement se trouvait dans le bas de la ville aussi. Les amies n'eurent aucun mal à le repérer : c'était un immeuble assez grand qui avait été rénové récemment, semblait-il. Il devait y avoir pas mal d'appartements à louer : au moins trois, au vu des affiches aux fenêtres. Un au rez-de-chaussée, un autre au deuxième et un tout en haut, sous le toit. Marine n'était pas la seule à avoir rendez-vous avec une personne de l'agence immobilière : un couple et un homme seul avaient l'air d'attendre aussi.

On les fit entrer tous en même temps. La visite commença par le rez-de-chaussée. L'endroit était vaste et très clair. On avait même accès à un jardin et par les fenêtres à l'arrière, on pouvait apercevoir un des cours d'eau qui traversaient la ville. La seule chose à lui reprocher, c'était qu'il se trouvait juste contre le trottoir et que Marine trouvait qu'on perdait en intimité de cette manière. Le petit groupe continua sa découverte par l'appartement au deuxième. La même superficie, le même agencement aussi. Par contre, il était plus sombre. Les portes-fenêtres donnant sur le jardin du rez-de-chaussée étaient remplacées ici par des fenêtres bien plus petites. Marine regrettait cette perte de luminosité, même si dans le logement qu'elle occupait jusqu'ici, il n'y avait que peu de lumière aussi… Il restait le troisième appartement à visiter, celui qui était au dernier étage.

C'est pour celui-ci que Marine avait eu un vrai coup de cœur. D'abord, il était peint en blanc aussi. Le plafond n'était pas très haut : cela évitait des déperditions de chaleur et permettait de faire des économies d'énergie. De plus, il y avait de grandes fenêtres côté jardin : la lumière y entrait généreusement. La personne de l'agence immobilière fit remarquer aux visiteurs que sur la terrasse se trouvait un petit escalier qui permettait d'accéder au toit de manière totalement privative. Il y avait moyen d'y aménager un coin à manger et même un jardinet… De plus, ce qui avait plu aussi à Marine, c'était l'agencement des pièces. Il différait de celui des autres appartements. Une jolie salle de bains attenante à la chambre. Même la cuisine n'avait rien à voir avec ce qu'ils avaient déjà vu. Agathe était éblouie et complètement transportée…

C'est à ce moment qu'elle toucha le bras de son amie légèrement.

— On dirait que tu as trouvé, je me trompe ?

—…

— Ho ho…?

— Heu, oui, celui-ci, je l'adore vraiment.

— Tu imagines comment tu vivrais ici…

— Oh oui : là, je mettrais un canapé et là, une petite table avec une lampe douce. Et là, une grande bibliothèque… Oh, Agathe, je pense que c'est ici, c'est vraiment ici que je vais pouvoir me reconstruire…

Les amies en avaient les larmes aux yeux. Marine semblait tellement optimiste que cela émut Agathe autant que si c'était elle qui avait trouvé cette pépite pour elle…

Il fallait maintenant s'assurer qu'aucun des autres visiteurs n'aurait envie de ce bijou. Et finalement, tout s'arrangea pour le mieux. Le couple préférait le rez-de-chaussée avec le jardin et l'homme seul cherchait un appartement comme celui du deuxième étage.

Après avoir convenu de la signature du bail avec la personne de l'agence, Marine et Agathe se dirent qu'il fallait fêter cela. Elles gagnèrent, à quelques pas de là, un endroit qu'elles appréciaient tout particulièrement et y commandèrent chacune un thé et une part de crumble aux fruits rouges. Marine était tout agitée et elle continuait de parler à Agathe de la manière dont elle meublerait son nouveau logement. Son amie était soulagée de la voir aussi vivante. Depuis sa rupture avec Adam, elle s'éteignait et c'était tout à fait contraire à sa manière habituelle de réagir. Cela aurait pu être plus terrible encore, cette dégringolade, mais là, il semblait que l'orage était passé.

Chapitre 4 :
Emménagement...

Moins d'un mois plus tard, au centre de sa pièce à vivre, Marine était entourée de caisses de livres, de grands sacs contenant des habits et de bacs curver protégeant la vaisselle et les choses fragiles. Elle avait engagé un peintre pour changer les couleurs de deux pièces de son nouvel appartement. D'abord, du bleu pervenche pour sa chambre et ensuite, du coquille d'œuf pour la salle de bain. Les peintures avaient été faites si rapidement qu'elle avait eu à peine le temps de se retourner.

Comme elle l'avait imaginé, une grande bibliothèque contenait tous ses livres. Il n'y avait rien à faire au niveau de l'espace cuisine. Elle pouvait d'ailleurs y ranger déjà les casseroles et les ustensiles et couverts qu'elle possédait. Pour la vaisselle, elle déposerait celle qu'elle possédait à la Trocante ou un endroit du même genre et rachèterait assiettes, bols et tasses en quatre exemplaires dans un premier temps. Le reste serait pour plus tard. Elle voulait absolument se séparer de tout ce qui aurait pu lui rappeler Adam. Et comme ils avaient partagé plusieurs repas...

Elle avait demandé à Agathe de l'accompagner au grand magasin d'ameublement suédois pour se fournir en petit mobilier. Elle avait déjà dégoté une belle table massive pas trop grande. Il lui resterait un canapé à trouver. Elle n'avait pas eu le cœur de se défaire de cette chaise sans accoudoirs sur laquelle avait eu lieu sa première étreinte avec son jeune amant. Du lit non plus… Par contre, le grand miroir qui était accroché au plafond de son ancienne chambre fut déposé aussi dans un magasin de seconde main. Béa et Téo comprendraient… Elle ne savait même pas si le couple était au courant de sa rupture avec Adam, d'ailleurs…

Elle ne tenait pas à broyer du noir en ressassant tous ces souvenirs. Elle posa son iPhone sur le socle pour en amplifier le son et choisit une liste de lectures qui lui changerait les idées. Elle l'avait concoctée peu de temps auparavant. Pas de jazz ni de post-rock, encore moins de sax. Pas de chansons d'Apolline R., non plus. Juste des choses qui ne lui rappelleraient pas Adam. De la musique classique essentiellement. Du piano « impressionniste » pour celle-ci. Juste du Ravel et du Debussy, des œuvres pour piano à quatre mains. C'était léger au niveau de l'atmosphère, mais profond pour les sentiments. *Ma Mère L'Oye* et puis la *Petite Suite*. Du charme aérien, de la langueur pour certaines pièces et surtout, une profusion de sensations… De quoi se plonger dans un bon bain d'émotions différentes et mettre un peu en retrait son chagrin.

Quand la playlist arriva aux *Entretiens de la Belle et la Bête*, Marine s'arrêta dans ses rangements… Elle se rappelait avoir enregistré une lecture pour Arthur, il y a longtemps et avait choisi ce morceau comme fond musical… Cela s'appelait « Mots-cris ». Ici, bien sûr, il n'y avait pas de paroles, juste le piano, mais les mots, sans qu'elle les connaisse par cœur, résonnaient en elle de manière particulière et intime. Combien elle avait apprécié ces échanges avec cet homme exhibitionniste ! Cela la ramena à un moment de sa vie où les choses n'étaient pas claires. Allait-elle continuer cette relation virtuelle avec

Arthur ou s'engagerait-elle avec Adam dans une histoire réelle ? À nouveau, elle versait dans la nostalgie. Malgré le fait qu'elle essayait de se détacher de lui, il y avait toujours l'une ou l'autre chose qui la ramenait au jeune homme. D'un autre côté, cette période avait quelque chose de fou. C'est à ce moment qu'elle avait fait la connaissance de Jean, qu'elle s'était rendue à Paris et qu'eux deux, chacun dans une chambre, avaient… Bon Dieu, quels souvenirs !

Elle les balaya : il restait encore des caisses à déballer. Elle laissa celles contenant les derniers livres à ranger et se concentra sur ses produits de beauté et son maquillage. Elle irait prendre une douche ensuite et se choisirait une tenue confortable. Agathe allait arriver d'ici une heure.

Après avoir trié ses crèmes de beauté, ses shampoings, ses gels douche et ses eaux de toilette, elle s'attaqua à ce qui concernait ses yeux, ses ongles et sa bouche. Cela ne prit pas beaucoup de temps. En général, elle se maquillait peu : un peu de mascara et du gloss. C'était à peu près tout. Par contre, pour ce qui était de la douche, elle possédait des gammes parfumées de gels douche, de parfum, de beurres corporels et de crème yaourt dans plusieurs senteurs…

Avant d'entrer sous la douche, elle mit un post-it sur la porte d'entrée de son logement « *Frappe et entre, Agathe. Suis sous la douche* ». Elle espérait qu'un petit rigolo ne monterait pas jusqu'au dernier étage de l'immeuble et entrerait sans y être invité !

Ouf, tout juste. Elle était en train de se faire les yeux quand on frappa à la porte.

— Entre Agathe !

— Ah, tu n'es plus sous la douche.

— Je n'ai plus qu'à me parfumer et je te rejoins.

— C'est pas un peu imprudent, ton post-it sur la porte, comme ça ?

— J'aurai peut-être de la chance : si un beau monsieur montait jusqu'ici...

— Avec des longs cils châtains et des yeux verts, c'est ça ?

Agathe se mordit les lèvres... Un nuage passa dans les yeux de Marine... Il serait vraiment difficile de ne plus faire allusion à Adam. Le laisser derrière elle, pareil. Son amie s'excusa vivement.

Marine empoigna son fourre-tout pétrole et les jeunes femmes quittèrent l'appartement.

— Ta voiture est garée tout près ?

— Oui oui...

— OK. On en a pour combien de temps au niveau du trajet ?

— Une quarantaine de minutes, je dirais.

La voiture d'Agathe n'était pas grande. Il serait possible d'y mettre de la vaisselle, du linge de lit et peut-être un ou deux petits meubles. Par contre, pour ce qui était d'un canapé ou de fauteuils, Marine devrait demander l'aide de Bea.

Au grand magasin, la jeune femme se décida pour des assiettes, des tasses et des bols crème. Elle se dit qu'il serait plus facile d'assortir à cela une jolie nappe ou des sets de table. Elle les prit finalement en six exemplaires. Elle acheta aussi six verres à eau, six verres à vin et une carafe. Il lui manquait encore des ramequins ou des raviers pour ses desserts et le tour serait joué question vaisselle. Elle avait décidé de renouveler son linge de lit, histoire de ne pas se donner l'occasion de s'imaginer avec Adam si, par le plus grand des hasards ou des bonheurs, elle se retrouvait entre les draps avec un autre homme… Elle choisit deux housses de couette blanches : l'une avec des petites broderies comme sa grand-mère aurait pu en faire, dans les tons pastel, l'autre avec un semis de fleurs bleues sur une face, l'autre étant blanche. Elle voulait bannir le vert à tout prix, particulièrement tirant un peu sur le bleu. Il lui restait à présent à essayer et choisir un canapé et éventuellement un fauteuil. Agathe et elle s'amusèrent à s'asseoir dans plusieurs modèles. Finalement, le choix de Marine se porta sur un canapé trois places (elle y tenait) bleu marine — c'était logique — et sur un fauteuil écru. Elle y poserait un plaid bleu et ajouterait des coussins écrus au canapé. Cela donnerait une unité au salon. Elle choisit aussi une table basse en verre fumé et un lampadaire avec une liseuse. Il lui manquait des chaises. Elle savait qu'une ressourcerie travaillait en collaboration avec une décoratrice et elle se dit qu'elle trouverait sûrement là quelque chose d'original.

Les amies étaient contentes. Béa reviendrait avec Marine pour embarquer les meubles les plus encombrants. Elles avaient échangé par SMS et Béa était heureuse que Marine reprenne pied et ait décidé de déménager. Marine n'avait pas voulu clôturer les choses avec le couple quand bien même c'était grâce à Adam qu'elle avait fait la connaissance de Téo et Béa. Elle les trouvait sympathiques, ouverts. Ils s'étaient pris d'amitié pour la lectrice. Béa avait toujours regardé le jeune homme avec des yeux remplis d'envie, mais rien ne s'était réellement passé entre eux… Ils n'avaient pas été mis au courant de la rupture d'Adam et Marine immédiatement, mais quand ils l'apprirent, cela les peina réellement.

Ce qu'il faut savoir au sujet de Téo et Béa.

Téo et Béa sont un peu plus âgés que Marine. Lui est photographe. Quant à elle, elle l'assiste dans son boulot : elle organise les shootings de son compagnon, fait sa compta, s'occupe de son site internet... Elle et lui se connaissent depuis des années.

Mis à part le fait qu'elle ait le teint plus hâlé que Marine, elles se ressemblent fort. Même taille, même coupe de cheveux. De dos, on aurait pu les prendre pour des sœurs. Béa est un peu plus ronde, cependant.

Téo et Béa ont les mêmes goûts musicaux, ce qui les a amenés à fréquenter les salles de concert branchées de la capitale. C'est de cette manière que Béa a « repéré » Adam. Il était dans la fosse de la Rotonde, au Bota, et elle et Téo dans les gradins. Téo, adepte du candaulisme sans l'avoir jamais pratiqué, avait fait des recherches sur Facebook pour savoir qui était ce jeune homme à l'allure de chat qui intéressait sa compagne. Il s'était arrangé ensuite pour le croiser et même le retrouver lors d'autres concerts. Lui aussi avait des goûts éclectiques en matière de musique. Et puis, profitant du dérushage de Téo, Béa et Adam avaient passé un moment seul. Béa s'était laissé emporter. Il ne s'était rien passé d'autre entre eux qu'un moment très tendre au cours duquel ils s'étaient juste embrassés. Béa avait gardé un souvenir ébloui de cette soirée. Adam et le couple étaient restés en contact. Quand ils s'étaient retrouvés à un autre concert, Marine accompagnait le jeune homme. Béa avait compris que leur relation était sérieuse et s'était effacée. Marine lui avait demandé de l'aide pour son anniversaire : elle souhaitait que Téo fasse un shooting-boudoir. Adam reçut donc un book magnifique avec des photos un peu coquines de son amie.

Béa avait toujours regretté que les choses n'aient pas été plus loin avec Adam. Marine la sollicitait de temps à autre et Béa répondait toujours présente.

Chapitre 5 :
Une première !

Le déménagement de Marine était terminé. Agathe et elle avaient préparé un souper digne de ce nom à l'occasion de la pendaison de crémaillère. Simon les avait rejointes. Béa et Téo aussi.

Apolline, quant à elle, fêtait l'anniversaire d'un ancien camarade de classe. Elle avait conservé de bonnes relations avec certains d'entre eux qui évoluaient aussi dans le monde musical. D'autres s'étaient plutôt dirigés vers le théâtre alternatif. Bref, chacun s'était fait un plaisir de parler de ses projets. Elle n'avait pas hésité à raconter son prochain passage radio qui aurait lieu en pleine journée ! Ils lui avaient tous promis de l'écouter. L'émission aurait lieu le mercredi 30 mars… Ce serait une première pour Agathe qui avait été choisie pour l'animer. Marine et Simon seraient de la partie.

Tous les arrangements avaient été pris. Finalement, Marine n'aurait pas besoin de demander au collège de la libérer puisque le mercredi après-midi, c'était congé. Elle avait donné rendez-vous à Simon dans un bar à soupes. Ils se rendraient ensuite au bâtiment de la radio. Apolline les rejoindrait un peu plus tard. Agathe serait sur place depuis la pause de midi : elle voulait que tout soit parfait pour « sa » première émission.

Marine attendait Simon devant l'endroit où ils iraient dîner. C'était situé dans le haut de la ville. Le snack proposait des soupes différentes faites maison ainsi que des sandwichs fourrés avec de la charcuterie, du fromage, des crudités : il n'y avait qu'à choisir. La jeune femme n'eut pas longtemps à attendre. Le train emprunté par Simon arrivait à 11 h 50. Il n'avait que cinq cents mètres à faire pour se trouver devant le fameux *Soup'shop*.

— Coucou ! Comment tu vas ?

— Bien, bien, et toi ?

— Pareil. Tu es déjà venue manger ici ?

— Oui, quelques fois. Et j'ai toujours été contente.

— Alors, entrons.

Simon ouvrit la porte et la tint pour Marine. Ils étaient donc à présent devant un grand comptoir. Des crudités de toutes les sortes, des plateaux avec plusieurs sortes de jambon et de pain, du fromage, des raviers avec des sauces et aussi, et surtout, quatre grands récipients contenant les soupes proposées ce jour-là. Tomates – roquefort, potiron - mascarpone, poireaux – Philadelphia, oignon façon grand- mère… De quoi se régaler ! Chacun choisit et on les invita à prendre place à une table dans le fond du snack. Ils avaient demandé une carafe d'eau en plus.

Ils se retrouvèrent l'un face à l'autre, l'eau et deux verres placés sur la table. Une gêne s'installa. Ils n'avaient jamais été dans cette situation. Avant, Marine assistait, très attentive, aux conversations d'Adam et de Simon. Parfois, elle intervenait, mais c'était toujours à la demande de l'un ou de l'autre et cela restait discret.

Il y a un moment, quand Adam et Marine se fréquentaient encore, Simon et la jeune femme avaient présenté une émission ensemble. Ils avaient fait la lecture d'une relation virtuelle et essentiellement épistolaire qui se transforme en quelque chose de réel. Simon avait dû un peu prendre sur lui et sortir de sa réserve parce que ce n'était pas une expérience qui lui était habituelle. Dans un premier temps, Marine avait été étonnée : c'était étrange qu'un homme aussi sûr de lui, maîtrisant la langue française avec autant de facilité, ait l'air tellement timoré quand il était amené à lire des mots parlant de sexe. On aurait dit qu'il était... gêné. Cela n'avait pourtant pas découragé la lectrice. Elle aimait tant sa voix chaleureuse et profonde qu'avec un peu de travail, cela s'était bien passé. Il avait pu rendre le texte vivant et Marine n'avait pas relevé les phrases qu'il avait sautées, exprès, pour ne pas « se mettre en danger ». C'était déjà bien suffisant qu'il se lance dans l'aventure...

— Comment va Apolline ?

Il fallait bien commencer par quelque chose...

— Bien. Il y a un album en vue. Adam ne t'en a pas parlé ? C'est lui qui fera les mix et mastering... Il a trouvé...

Simon s'interrompit. Oui, bien sûr, il savait pour la fin de leur histoire. Cependant, il était si habitué à considérer le couple Adam – Marine comme quelque chose d'établi et de définitif que... Marine avait la gorge nouée, serrée si fort et elle sentit les larmes monter à la lisière de ses paupières. Simon s'en était rendu compte.

— Excuse-moi, Marine. Cela m'a échappé. Je suis vraiment désolé.

— Ce n'est pas grave. Tu sais, je pense encore beaucoup à lui. Cela n'a rien à voir avec le fait qu'on me parle de lui ou pas...

— Je m'en doute.

Et après un silence qui parut long à Simon qui était toujours très gêné :

— C'est encore douloureux, je suppose ?

— Oh oui, tu n'as pas idée… J'ai déménagé pour essayer d'oublier un peu ces moments qu'on a passés ensemble lui et moi dans mon appart en pleine campagne. Je me suis même débarrassée de tout ce qui pouvait me le rappeler…

— Mais malgré cela…

— Voilà, oui. Malgré cela, il est toujours si présent dans ma tête et mon cœur.

— Il faut te changer les idées. C'est… possible, ça ?

— Oui et non. Il a tellement fait partie de ma vie qu'à présent, j'ai l'impression qu'un morceau de moi est mort. Le morceau qui l'aimait, qui le chérissait. Tu vois ?

Oui, Simon voyait très bien. Il était témoin de la détresse de la jeune femme. Elle l'émouvait pas mal. Il se sentait démuni devant tout son chagrin et cet amour gaspillé. Elle éprouvait encore ce sentiment tellement fort pour Adam et à présent, cela ne servait plus qu'à une chose : se miner et se ronger. Elle tentait de donner le change, c'était manifeste. Mais pour le moment, cela n'avait pas beaucoup de résultats. Il aurait fallu qu'elle se passionne pour autre chose, quelque chose qui ne lui ferait pas ce mal, qui lui permettrait d'oublier. Il allait sonder le terrain : peut-être parviendrait-il à l'aider. Il la regarda essuyer une petite larme. Elle avait les lèvres qui tremblaient. L'émotion était palpable…

— Parlons d'autre chose, tu veux ?

— Oui, bien sûr… Tu veux parler de quoi ?

— De l'émission de tout à l'heure… ça te dirait ? Agathe t'a un peu « mise au parfum » ?

— De quoi ?

— De ce qui allait se passer…

— Non… Elle aurait dû ?

— Une surprise est prévue. Et je pense que cela va t'étonner.

— Ah bon !!!

Les yeux de Marine s'étaient allumés. Enfin, une petite lueur encourageante dans son regard.

— Voilà le reste, annonça une jeune fille déposant un plateau entre les amis.

Dessus, deux bols de soupe qui fumaient, deux demi-baguettes « à l'ancienne » d'où débordaient des tomates et de la salade. Ils verraient s'ils auraient le temps et l'envie de prendre un dessert ensuite et de toute manière, ce serait ailleurs : ici, il n'y avait que du salé.

— Je te parle des concerts auxquels je compte assister ?

— Avec plaisir…

— Et bien, justement, il y a celui de Samir Barris, tu te souviens, tu en avais parlé quand vous êtes venus Apolline et toi à l'émission d'Agathe…

— Oui, bien sûr. Il joue à Bruxelles de ces jours-ci ?

— Non, ici, à la Maison de la Poésie. C'est dans un bon mois. Je ne l'ai jamais vu. Ce sera l'occasion. Et puis si j'accroche, je tâcherai d'aller lui dire un petit mot après le concert. L'endroit n'est pas bien grand et il n'y aura donc pas un public de malade.

— C'est une bonne idée, en effet.

— Tu l'as déjà vu, toi ?

— Oui. Il était juste avec sa guitare. Il est fort détendu, comme type. Il parlait entre les chansons. Il a même fait chanter le public : c'était chouette.

— Dans une grande salle ?

— Non, très simplement. Au-dessus d'un café, près de la Gare Centrale bruxelloise. Ils organisent des événements un peu particuliers. Le public est assis sur des bancs et parfois même installé sur des coussins ou serré dans deux canapés… C'est vraiment sympa. D'ailleurs, si tu veux, la prochaine fois qu'il y a quelque chose d'intéressant, je te le dis. On pourrait peut-être y aller à deux…

— Avec plaisir, oui !

— C'est sans chichis, hein. On doit pas se fringuer de manière particulière. Et avant, on peut se retrouver et boire un verre.

À nouveau, les yeux de Marine pétillèrent. Elle sentait que Simon faisait tout pour se rattraper. C'était délicat et touchant. Elle aimait ce respect qu'il lui manifestait. Elle le regarda mieux : c'est vrai que c'était un bel homme. Il avait le visage très mobile, des yeux d'un bleu limpide. Sa chevelure argentée était plus courte que quand ils s'étaient croisés pour la première fois. Il se dégageait de lui une force toute contenue, une générosité et ses sourires étaient ravageurs.

Leur petit dîner avalé, Simon regarda sa montre : il était presque 13 h 30. Il ne fallait pas traîner : l'émission d'Agathe commençait dans moins d'une heure. Pour cette « première », Radio-Sonik diffuserait du centre de la ville, dans les locaux d'une autre radio. Il fallait voir cela comme une espèce de partenariat.

— Si tu veux, proposa Simon, et si tu connais un autre chouette endroit, on pourrait aller goûter avec les autres quand c'est fini ?

— D'accord : ça nous permettra de débriefer… Il faudra se taper le programmateur, mais bon… Et sinon, et bien, on fait mine de partir chacun de son côté et lui, il aura peut-être des commentaires à entendre de l'équipe de l'autre radio.

— C'est pas bête, ça… Oui, on peut faire ça.

Les amis se mirent en route. À peine dix minutes et ils seraient devant le bâtiment où aurait lieu cette première !

Ce qu'il faut savoir au sujet de Simon

Simon est un intellectuel un peu old school... Il est prof de littérature dans une école supérieure. Il est un peu plus âgé que ceux dont il a déjà été question. Il arbore une crinière argent depuis des années et ses yeux d'un bleu limpide sont cerclés de lunettes à la monture noire. Il a une allure athlétique et décontractée. Son sourire charmeur ne le fait pas passer cependant pour un dragueur.

C'est un grand passionné : l'art l'intéresse. La peinture, la littérature, bien entendu, la musique. Sa façon de parler de ses goûts et de ses convictions est très franche, emportée.

Il a un fils dont il parle peu. Celui-ci est un jeune adulte ne lui ressemblant pas du tout d'après ce qu'il en raconte.

Sa sensibilité et son empathie seront d'un grand réconfort pour Marine. On ne lui connaît pas de compagne. La lectrice s'est même demandé l'une ou l'autre fois s'il était intéressé par le sexe. Mais comme il ne se livrait pas dans ce domaine-là, elle n'avait pas approfondi le sujet.

Il n'était en tous cas pas sentimental.

Chapitre 6 :
Simon est surprenant...

— Chers auditeurs. Cet après-midi, une toute nouvelle émission démarre. Pour nos habitués, c'est Agathe au micro. Vous connaissez ma voix, mes goûts aussi. Et pour ceux qui nous rejoignent, mes invités sont Apolline R. et Simon. Bonne découverte à tous.

Le sonorisateur de l'émission muta la voix de la jeune femme et le générique reprit. C'était une musique un peu déjantée, avec des cuivres et des sax. Marine et Simon se regardèrent : ils avaient reconnu la patte de *Combo Belge*, un groupe-fanfare. Oui, cela pouvait sembler étrange d'avoir choisi ce genre de chose comme générique. D'une part, cela datait des années quatre-vingt et nonante. D'autre part, n'importe quel téléspectateur belge pouvait reconnaître l'indicatif de l'émission *Strip Tease*. C'était sans doute fait exprès, comme pour montrer qu'ici, on ne se prenait pas vraiment au sérieux…

Le morceau de *Combo Belge* se termina et le sonorisateur fit signe à Agathe et ses invités qu'il allait démuter les micros. Il ne fallait pas que Simon ou Apolline parle tant que la présentatrice ne leur avait pas posé de questions.

— Apolline R. et Simon nous ont rejoints. Pour ceux qui étaient à l'écoute ce soir-là nous avons fait connaissance il y a un peu moins de deux ans, je dirais. Simon s'occupe de la carrière d'Apolline. Simon, comment avez-vous fait la connaissance de votre protégée ?

— Et bien, c'est tout simple…

— Racontez-nous.

— C'était une élève de mon cours de littérature à l'école des Arts de Diffusion. J'ai eu l'occasion de l'entendre dans le cadre d'une scène ouverte.

— Qu'est-ce qui vous a décidé à la prendre sous votre aile ?

Simon jeta un coup d'œil à Apolline. Il fallait dire que même si elle avait l'air d'un petit oiseau pas sûr de ses ailes et hésitant à prendre son envol, sa prestation avait été de qualité : la chose fragile avait été étonnante de sensibilité. Alors que parfois, on s'imagine que le charisme vient de l'assurance, ici, c'était clairement l'inverse. La jeune fille s'était assise maladroitement sur un tabouret haut, avait égrené un arpège à la guitare et sans avoir l'air d'y toucher, s'était lancée dans une chanson douce parlant des dépits amoureux.

— Elle était touchante. Sa timidité tranchait avec la manière forte et décidée de chanter. Son jeu instrumental contrastait avec les mots qu'elle prononçait. D'ailleurs, il nous suffit de l'écouter… vous comprendrez.

— Vous nous faites cet honneur, Apolline ? demanda Agathe en se tournant vers la chanteuse.

Apolline avait déjà empoigné sa guitare. Après quelques notes, ses doigts continuèrent de manière contrastée : ils étaient rapides, solides. Sa voix s'éleva, aérienne. C'était tendre, envoûtant. Cela parlait d'amour et cela se terminait par ces mots :

« Mais moi, je veux mourir sur tes lèvres, maîtresse,
C'est ma gloire, mon heure, mon trésor, ma richesse,
Car j'ai logé ma vie en ta bouche, mon cœur. »

— Quel joli texte, Apolline. C'est de vous ?

— Non, répondit la jeune fille d'une voix étranglée.

— Je ne vous ai pas dit, poursuivit Simon pour donner le change, qu'Apolline compose ses chansons sur des textes de grands auteurs français. Ils parlent d'amour, de tourments de l'âme… Ici, c'était un poème d'un illustre inconnu du 16e siècle, Rémy Belleau.

En disant ces mots, il fit un clin d'œil à Agathe. C'était bien elle qui présentait son émission nocturne, *Frissons Noctambules*, pendant laquelle elle parlait d'illustres inconnus, non ?

C'était vrai : l'opposition entre le jeu instrumental à la guitare et la voix était manifeste. Un accompagnement fougueux et une voix très douce. Ou au contraire, des notes légères et une voix bien affirmée.

Il était totalement compréhensible que Simon ait été charmé, troublé, même, par le mélange.

Marine retrouvait avec plaisir l'attention et les gestes protecteurs de Simon pour Apolline. Elle s'était déjà demandé s'il y avait eu autre chose entre eux qu'une relation « mentor — protégée »… Rien n'était certain. Cependant, quand elle voyait l'admiration non dissimulée que chacun témoignait à l'autre, cela l'inclinait à penser à une histoire teintée d'amour. Bien sûr, elle ne poserait jamais la question ni à l'un ni à l'autre et cela resterait sans doute secret, mais…

— Des projets ? Des concerts ? Un album ?

— Oui, répondit Simon. Petit à petit, les choses se dessinent. Comme Apolline joue en solo, on peut tester son set en appartement. Cela a assez de succès, je dois dire. Elle a déjà joué à Bruxelles quelques fois et un concert est prévu d'ici peu de temps ici même…

— Ce sera l'occasion de vous réinviter un mercredi soir, lança Agathe en faisant un clin d'œil à Apolline.

L'émission était à présent presque terminée.

— Nous permettez-vous de clore ce moment de concert, Apolline et moi ?

— Avec plaisir, dit Agathe.

Marine, un peu perdue dans ses pensées et ses interrogations, sortit de ses rêveries pour se concentrer sur la surprise…

Simon se leva et alla prendre place juste à côté d'Apolline. Celle-ci commença de chanter et l'homme la rejoignit dans la musique… C'était des paroles qui parlaient d'amour, bien sûr, mais cela n'avait pas la même allure que les autres compos de la jeune fille. Quand ils eurent terminé, Agathe posa la question qui brûlait les lèvres de Marine :

— De qui est le texte ?

— De moi, répondit Simon. J'avais envie de faire un cadeau à Apolline. Et comme elle aimait beaucoup mes mots, elle les a mis en musique, c'est le cas de le dire et m'a demandé de poser ma voix… J'espère que c'était réussi. Vous avez aimé ?

— C'était inattendu et oui, moi, j'ai beaucoup aimé.

Le sonorisateur muta les micros pendant que le générique de fin passait.

Marine regardait Simon. Si j'ai aimé ? pensait-elle… Un petit soupir s'échappa de ses lèvres. Elle se sentait frétiller de plaisir. Tout était parfait : les mots, ce que ça racontait, la musique, la voix de Simon, l'alchimie avec celle d'Apolline. C'était vraiment très réussi. Peut-être Simon s'était-il découvert une passion pour la chanson… Il faudrait qu'ils en parlent.

Ce qu'il faut savoir au sujet d'Apolline

Apolline est une jeune fille d'une bonne vingtaine d'années. Elle voudrait passer inaperçue en se cachant dans des habits trop grands pour elle et derrière une frange qui lui tombe sur les yeux, mais au final... Marine et Agathe la relookeront pour un concert qu'elle donnera à Bruxelles et découvrant qu'il est agréable de se sentir à son avantage, elle changera de style. À présent, elle porte des couleurs plus vives, des foulards colorés dans les cheveux et autres choses que des Kickers ou des Doc Martens.

Elle a suivi des études de théâtre dans l'école où enseigne Simon. C'est de cette manière qu'ils ont fait connaissance. Elle chante des textes issus de la « grande littérature française » en s'accompagnant à la guitare.

On ne sait rien de sa vie sentimentale. Sa discrétion est le trait le plus prononcé de sa personnalité.

Chapitre 7 :
Un mercredi parmi
tant d'autres...

— Alors, on se retrouve au *Tea for two* ?

C'était Agathe qui, de sa voix fluette, avait lancé la proposition. Les quatre amis se tenaient devant le petit bâtiment dans lequel se trouvait le studio. Marine battait des mains parce qu'elle aimait vraiment beaucoup l'ambiance cosy et décontractée de l'endroit. Cela avait ouvert à peine trois ans plus tôt et c'était pratiquement toujours bondé. On y servait des cafés de toutes les sortes, du thé, aussi. Et surtout, des gâteaux faits maison. On pouvait y dîner un panini et un grand bol de soupe.

Apolline et Simon ne connaissaient pas le lieu. Mais Marine fit un signe discret à l'homme et lui chuchota que c'était justement là qu'elle voulait l'emmener…

Heureusement, le programmateur n'était pas avec la petite bande. Il était resté, comme Marine et Simon en avaient parlé, au studio afin d'avoir des retours de l'équipe de la radio qui les accueillait.

Il ne faisait pas encore très chaud. Impossible donc de s'installer sur la terrasse extérieure. Agathe poussa la porte d'entrée de l'établissement et repéra sa table préférée. Elle était ronde et un canapé deux places ainsi que deux fauteuils l'entouraient. Et surtout, elle était inoccupée : c'était parfait…

Ils s'installèrent : Apolline et Agathe dans le canapé, les deux autres chacun dans un fauteuil. Quand le serveur vint prendre la commande, la conversation battait son plein à tel point que personne n'avait encore décidé ce qu'il aurait voulu consommer. À la hâte, les filles choisirent des thés et Simon un café. Le reste viendrait ensuite.

Les amis reprirent leur discussion. Cela fusait de toute part.

— Parle-moi un peu de ce projet d'album, Apolline, lança Agathe.

Elle était curieuse d'en savoir plus. Simon en avait vaguement touché un mot à Marine, mais il n'avait pas donné d'autre détail que « Adam va mixer et masteriser » ledit album. L'homme jeta un coup d'œil discret à Marine : était-il judicieux de parler de cela plus avant devant elle ? Il la vit ravaler sa salive et faire un gros effort pour ne pas ciller. Agathe, toute à sa curiosité, ne s'était pas rendu compte du trouble de son amie…

— Et bien, glissa timidement Apolline, les textes sont de Simon.

— Des exclusivités, ajouta Simon.

— Ça parle d'amour ? interrogea Agathe.

Simon s'embarqua dans une tirade concernant les thèmes abordés. Il avait tellement peur d'un impair d'Apolline et d'Agathe qu'il valait mieux qu'il prenne la parole, au risque de ne pas être complet. Il savait combien la jeune chanteuse appréciait le travail d'Adam et il aurait vraiment été indélicat de s'extasier là-dessus en présence de Marine.

— De l'amour avec un grand A. La passion, les chagrins, le feu, les tourments, bref, vous voyez, une palette de sensations et d'émotions liées à ce sentiment. C'était très intéressant. Je n'écris pas ce genre de choses, en général. D'habitude, j'analyse la manière dont c'est décrit dans la littérature. Ici, c'est moi qui m'y suis collé. Et c'était un plaisir, un réel plaisir. Et puis quand j'ai entendu ce qu'Apolline avait composé comme musique pour emballer mes mots, c'était…

L'homme en était réellement ému. Il se remémorait comment Apolline et lui en étaient arrivés là. C'était durant les vacances d'été. Ils passaient quelques jours dans le sud de la France avec d'autres amis. La chanteuse avait amené sa guitare et le soir, elle en jouait. Négligemment, Simon avait laissé traîner un petit calepin dont la moitié des pages étaient noircies. Celui-ci était ouvert et un de leurs amis avait tenté de caler les mots sur la musique d'Apolline. Et puis ils s'étaient pris au jeu. La jeune fille avait continué d'improviser à la guitare tandis que Simon chantonnait sur ce qu'il entendait. Au fur et à mesure, cela prenait forme. L'homme ajoutait à présent des fragments de plus en plus longs des phrases qui étaient dans son carnet. Et puis sans qu'Apolline et lui s'en rendent compte, un de leurs amis avait pris son GSM et enregistré leurs derniers essais. Ce n'est que le lendemain qu'il fit écouter le résultat de leurs… divagations nocturnes. C'est ainsi que la chanteuse et son mentor décidèrent de collaborer.

— Combien y aura-t-il de titres ?

— Pour le moment, on a déjà bien bossé sur six. On voudrait en ajouter trois ou quatre, histoire d'avoir une petite quarantaine de minutes de musique… Ensuite, il faudra penser à l'enregistrement, au mixage et tout et tout.

Agathe ne posa plus de questions : inutile de remuer des souvenirs pénibles. Elle se doutait que celui qui fera le travail serait Adam et il aurait été un peu cruel de parler de lui devant Marine.

Les quatre amis dégustèrent des parts de cheese-cake et du crumble et c'est seulement vers 18 h qu'ils se quittèrent. Simon devait reprendre un train pour regagner Bruxelles. Apolline repartirait en voiture après avoir déposé Agathe au studio habituel de Radio-Sonik. Quant à Marine, il lui suffirait de quelques minutes pour rejoindre son nouveau logement. Elle gagnerait le bâtiment de la radio plus tard.

Malgré les circonstances de l'après-midi, cela s'était mieux passé que ce qu'elle avait imaginé. Ce soir, il y aurait les *Frissons Noctambules* et les *Coquineries Littéraires* et la jeune femme voulait jeter un dernier coup d'œil aux textes qu'elle avait à lire.

***

La bouche collée au micro, Marine se lança dans la première des lectures choisies par le programmateur. Il s'agissait d'un texte de Spaddy. Il lui avait déjà été demandé de lire une initiation du même auteur. C'était cru et très imagé, mais la lectrice n'était pas gênée. Le générique de début de l'émission se termina.

— Bonsoir, chers auditeurs. Aujourd'hui, j'ai eu l'occasion d'être en studio avec Agathe qui présente une nouvelle émission en journée. Si vous voulez la retrouver pour ce moment, cela commence juste après le petit journal de 14 h et c'est tous les mercredis... Quant à nous, nous allons à nouveau nous plonger sur une initiation extraite des *Dévergondages* de Spaddy.

La lecture de Marine commença. Le sonorisateur, Mat, très attentif à ce qui se passait, ne pouvait s'empêcher de passer sa main gauche dans les poils de sa barbe. Ainsi, il était troublé ! C'était bien la première fois que la jeune femme s'en rendait compte avec autant d'assurance. Elle repensait à la manière dont Adam « rêvait » en l'écoutant. Ici, c'était très différent. Les mains du sonorisateur étaient sur la console : on aurait dit qu'elles s'accrochaient aux multiples boutons et interrupteurs de l'appareil. Il avait les yeux grands ouverts et le regard très animé. On voyait y passer alternativement la surprise, la stupéfaction, les sourires. Son visage était vraiment expressif, ce qui décontenança un peu Marine dans un premier temps. Heureusement, cela ne dura pas !

Les « conseils » d'Alice, le personnage féminin plus âgé et plus au courant que le jeune personnage masculin de l'histoire, étaient très précis. Il s'agissait presque d'une description de la manière d'exécuter un cunnilingus et un anulingus. Ce n'était pas, à proprement parler, vulgaire. C'était le ton qui était cocasse. Enfin, c'était l'idée que Marine avait en lisant. C'était désuet aussi. Mais ce n'était pas parce que le texte datait de pratiquement cent ans qu'il était obscur ou incompréhensible, non. Au contraire, même. Cela ne le rendait que plus amusant. Bien sûr, il était destiné à exciter les auditeurs. Mais la lectrice n'était pas échauffée par les mots, juste amusée. Combien les explications étaient pertinentes !

Quand la lecture de l'extrait choisi fut terminée, Mat enclencha le passage d'un interlude et muta le micro de Marine.

— Et bien ça, c'est vraiment du lourd…

— Ah oui ? Tu trouves ?

Marine en avait lu d'autres. Pour elle, c'était simplement des descriptions légères… Le plus cru ne tarderait pas à suivre. La deuxième lecture, justement, parlant d'ondinisme, devait avoir été glanée sur un site plutôt osé. Aucune mention de l'auteur ou auteure. Durant l'interlude, la jeune femme relisait le texte en fronçant les sourcils. Oui, elle allait s'en tirer. Mais quelles seraient les réactions de Mat ? Elle était très dubitative.

— Pour continuer, une histoire mettant en scène un homme d'une soixantaine d'années et une très, très jeune fille. Le monsieur initie la jeune personne à une pratique, visiblement excitante… Et vous, qu'en pensez-vous ?

La lectrice entama le récit. Il était vrai que c'était plus osé encore que le texte précédent. Elle connaissait le goût de certains hommes pour cette paraphilie. Elle ne s'était jamais livrée à pareille expérience. Certains auditeurs commenteraient très certainement sa lecture…

Mat, derrière sa console, ouvrait des yeux de plus en plus gros. Lui aussi connaissait cette pratique, du moins en théorie. Il était clair, en voyant ses yeux exorbités, qu'il ne s'y était jamais collé. Marine était davantage troublée par les regards que le sonorisateur lui lançait que par ce qu'elle lisait ! C'en était amusant !

« Je dois faire pipi »

Il frémit à l'idée de ce qu'il allait lui demander… Le faisait-elle exprès ?

— Salle de bain… Mets — toi dans la douche et laisse-moi te regarder pendant que tu…

— C'est gênant, tout de même, non ?

— Ne me regarde pas. Ferme les yeux et continue juste de te caresser pendant que tu fais pipi. Tu veux bien ?

Elle ôta ses chaussures et sa petite jupe. Elle s'était retenue trop longtemps. Cela ne dura pas plus de quelques secondes et cela eut un effet soulageant très intense. Elle aima la sensation de l'urine chaude qui lui coulait entre les jambes. Le fait que ses doigts reprennent leurs va-et-vient sur son clitoris accentua le plaisir. Et puis, un peu honteuse, elle « redescendit ». Elle regarda la main de son partenaire de jeu qui s'était emparée de son membre et qui coulissait lentement. Il fallait que cela monte encore un peu.

Elle lui demanda une serviette éponge et après s'être lavé le sexe et le haut des cuisses, se sécha juste un peu le pubis. Elle ne voulait pas que sa cyprine soit gaspillée de cette manière. Elle lui dit qu'elle voulait lui offrir un joli moment et qu'elle aurait aimé qu'il la laisse quelques minutes seule : elle alla se changer... Il regagna donc la pièce à vivre pendant qu'elle se maquillait et se changeait. Elle avait pensé à une tenue très... sage. Enfin, non, ce n'était pas le terme : bien sûr, de la lingerie blanche, cela n'avait rien de particulièrement osé... Ce qui l'était, ce serait la manière dont elle s'en servirait pour l'exciter. Et puis, il y avait aussi ses jouets, qu'elle avait emportés sans savoir si elle allait en user, en abuser. Elle voulait que le moment tant attendu soit parfait.

« Je suis prête »

Il connaissait son goût (ils avaient échangé à ce sujet, juste une fois) pour la masturbation au creux des draps, comment elle pouvait s'envoyer en l'air avec quelques mots murmurés ou des audios glanés sur le net. Elle connaissait son appétit des jeunes filles en fleur à initier, des collégiennes aux culottes Petit Bateau, ingénues et vicieuses. Elle espérait pouvoir le combler parce qu'il n'était pas dans ses habitudes de « jouer les Saintes-Nitouches ». Oui, elle aimait aguicher, mais elle avait tout de même plus de 20 ans...

Elle se planta donc, juste vêtue d'un string blanc, pur et virginal, avec quelques petites broderies bleu clair et un soutien-gorge assorti. Un joli modèle balconnet, qui contenait sans mal ses petits seins pas plus gros que des clémentines. Sa peau brunie

par le soleil contrastait avec l'ensemble. Adorablement craquant.
Elle l'attendait...

Il franchit la porte. Pendant qu'elle s'était changée, il en
avait profité pour faire un passage à la salle de bain. Il sentait
bon le bain-douche et ses cheveux étaient encore un peu humides.
Il s'assit sur une chaise, face au lit et lui demanda s'il pouvait
lui « donner des ordres ». Il ne voulait en rien qu'elle se sente
soumise à ses désirs. C'était plutôt des conseils pour qu'ils soient
chacun excités le plus possible, que cela dure longtemps et qu'au
final, ils jouissent très intensément.

Il était assis, donc. Elle était debout. Lentement, elle
recommença de se caresser le bouton au travers de son string.
L'excitation la gagna plus rapidement. Cette fois, ses mouvements
étaient plus libres. Plus de risques d'être surprise par des voyeurs.
Plus de crainte de se faire repérer à l'odeur. Elle voulait s'offrir
et offrir son plaisir à son amant. Elle refit jouer son string dans
sa fente, la découvrant, la recouvrant, mais ne l'ôtant jamais.
Elle prenait un peu de sa mouille sur un de ses doigts droits et
la déposait en petits cercles sur son ventre. Elle le voyait respirer
de plus en plus vite.

« Vicieuse, petite vicieuse... Hmmmm, c'est bon ça. C'est joli,
j'adore ça... »

Une large coulée de cyprine s'étalait à présent dans son
string. Il était peut-être temps de l'ôter ? Délicatement, elle le fit
descendre le long de ses jambes et le contempla... D'un coup de
pied, elle l'envoya atterrir sur les genoux de son partenaire qui le
prit et le porta à son nez. Un petit « hmmm » de contentement...
C'était vraiment ce qu'il chérissait... »

Quand cela s'acheva, et après avoir à nouveau muté les
micros, l'homme lui demanda comment il était possible
d'aimer ce genre de chose. Dans son esprit, il s'agissait
vraiment d'une perversité. La jeune femme ne considérait

plus les choses du sexe comme immorales ou anormales. Elle savait depuis longtemps que tout est question et affaire de goûts personnels, que chacun est libre de s'envoyer en l'air comme il veut tant que son ou sa partenaire est d'accord. Tant, bien entendu, que cela se passe entre adultes consentants.

Inutile de relire la troisième lecture durant la musique que Mat avait mise en route… Ce texte-ci, c'était elle, Marine, qui l'avait choisi. Il y avait un moment qu'elle intercalait une lecture soft, jolie, qui l'excitait elle au cours de l'émission. Elle n'avait jamais eu de retour de flamme et ne s'était donc pas gênée pour continuer. Elle avait déjà eu pas mal de commentaires positifs sur ses choix, sans doute des auditrices… Cette fois encore, elle avait choisi un texte de cette auteure. Elle était jeune, certes, mais la subtilité de son écriture était telle que quand les mots de cette demoiselle lui tombaient sous les yeux, elle se régalait à chaque coup. Visiblement, elle devait être amoureuse pour le moment parce que les textes un brin légers du début avaient été remplacés par les poèmes, toujours aussi beaux, mais bien plus personnels. Marine n'en pouvait plus de se bâfrer. Elle voulait partager ses éblouissements à l'auditorat des *Coquineries Littéraires*. Elle commença à lire. Mat était suspendu à ses lèvres. Cette fois, c'était un texte tout court qui parlait d'un amour pratiquement platonique. Marine pensait que cela aurait pu être mis en musique par Apolline qui chérissait tellement les mots amoureux des grands auteurs français.

« Des mots pour vous
Des mots pas doux
Prenez-moi

Contre vous
Des mots... satin
Des rimes sales, tim
Banques et moi
Corde satin

Liez-moi
Du bout des doigts
Accrochez-moi
Faites de moi
Votre exquise amante
Aimons-nous
Encore et toujours

Liez-moi
De la pointe de la langue
Mentez-moi
Faites de moi
Votre apprivoisée
Aimons-nous
Faites-moi frissonner

Des mots pour vous
Des mots pas retenus
Serrez-moi
Contre vous
Des mots... simples
Sulfureux, sibyllins
Allumez-moi
Torride destin »

La voix un peu timide de Marine s'était tue… Ces vers, c'était tellement pudique, mais si empreint d'amour… Cela la ramenait à Adam, encore, toujours, même s'il s'effaçait insensiblement.

— Wahouuuuu. Mais c'est génial, explosa le sonorisateur quand elle eut fini.

— Cela vous a plu, on dirait ?

— Elle a quel âge, cette gosse ?

— La vingtaine, je pense.

— Il faudra que vous me donniez le lien du texte. Elle est éditée ?

— Non, pas encore…

Intérieurement, Marine souhaitait que la jeune fille le soit, qu'elle puisse profiter des conseils d'auteurs plus âgés et sans doute plus expérimentés. C'était une perle, une vraie perle…

L'émission était terminée. C'est sur un petit nuage que Mat et Marine se quittèrent. En dehors des émissions, ils échangeaient peu. D'ailleurs la jeune femme ne connaissait rien d'autre du sonorisateur que son prénom…

Ce qu'il faut savoir
au sujet de Mat

Mat a une quarantaine d'années. C'est un célibataire endurci. Malgré ses cheveux et son collier de barbe noirs et ses yeux marron, son visage dégage énormément de douceur. C'est lui qui sonorise l'émission que Marine présente. Il est un peu plus grand que la jeune femme.

Il habite un appartement à quelques kilomètres des studios de Radio-Sonik. Il aime les balades en forêt avec son chien, le calme, la tranquillité. Il n'aime pas les soirées sauf celles entre potes.

Son domaine, ce sont les années soixante. Il a une véritable vénération pour les tubes de cette époque et même s'il n'était pas né à ce moment, il a chez lui pas mal d'objets vintage qu'il a dénichés dans les brocantes et les vide-greniers. Il aime les vieux feuilletons aussi. Il y en a dont il connaît pratiquement les dialogues par cœur.

Chapitre 8 :
Retours de flamme

De retour chez elle, Marine se connecta immédiatement sur le blog de l'émission. Elle était curieuse de lire les commentaires, s'il y en avait, concernant sa dernière lecture.

Un seul, juste un ! Sans doute celui d'une auditrice…

— Fabuleux… Je ne trouve pas d'autres mots. Bleue, vous m'avez ouvert la porte à un paysage sensuel et magique. Dites-moi où je peux lire autre chose de cette auteure… Signé : M.

Il y avait une petite enveloppe à côté de la signature de la personne ayant laissé ces quelques mots. Marine préférait lui répondre en privé. Elle ferait ajouter un lien dans l'onglet « lectures », mais ce message la faisait penser à son auditeur A., celui qu'elle avait surnommé Apollon et qui s'appelait Arthur, en fait. Si des échanges plus personnels devaient avoir lieu, il était préférable qu'ils soient discrets.

— Merci pour vos mots, monsieur ou madame M.. Au sujet du lien, il sera bien vite en ligne sous l'onglet « Lectures ». N'hésitez pas à me recontacter pour toute autre question.

Elle n'attendait pas de réponse instantanée et pourtant, c'est ce qui se passa. Elle apprit que ce M. était un monsieur, jeune, lui aussi. Il s'exprimait de manière très claire, avait une excellente orthographe, ce qui n'était pas pour gâcher les choses. Ils échangèrent quelques messages et puis se donnèrent congé.

Marine était attendrie par les mots de son correspondant. Comme il l'avait dit, il semblait transporté par les mots de la très jeune auteure...

Tout heureuse d'avoir fait découvrir quelqu'un de valeur grâce à une de ses lectures, elle se mit au lit et s'endormit comme une fleur.

***

Mais qu'avait donc Adam pour que Marine ait été aussi éprise de lui ?

C'est la question que celle-ci se posait en s'éveillant. La nuit avait été très reposante. Le dernier rêve dont elle se souvenait, justement, les mettait en scène tous les deux. On l'avait engagé pour sonoriser un concert et on lui avait demandé à elle de plaquer des nappes durant certains morceaux dudit concert... Déjà, elle n'en touchait pas une au clavier. Pourquoi lui avoir fait confiance à ce point ? Elle avait demandé à Adam s'il pouvait l'aider, mais ce dernier s'était emberlificoté dans des explications sans queue ni tête. Elle se rendait bien compte qu'il avait bu et lui avait demandé plusieurs fois s'il pourrait s'acquitter de sa tâche : il n'en démordait pas. C'était un concert de trop grande envergure, il ne pouvait louper l'occasion de se faire remarquer comme ingé-son. Pour sa part, elle pensait que oui, on le remarquerait, mais que ce ne serait pas pour les bonnes raisons. Un sonorisateur avec un verre dans le nez, ça ne le fait pas trop. Elle lui avait proposé d'appeler quelqu'un qui aurait pris la relève, mais il lui avait rétorqué très gentiment en effleurant son nez du bout de l'index que « cela irait » et qu'« il allait gérer le truc ».

Pourquoi se perdait-elle dans ce genre de rêve ?

Plutôt que de se calmer vis-à-vis de lui, cela allait rallumer la flamme de son côté. Elle pesta contre elle-même en se disant que pareille situation ne se produirait certainement jamais et se leva. Un bon petit-déjeuner lui remettrait sans doute les idées en place.

Elle mit de l'eau à chauffer pour se faire du thé puis gagna la petite salle de bain attenant à la chambre pour prendre une douche. Celle-ci fut vite expédiée. En plus du thé, elle avala un jus de fruits et deux tranches de pain aux noix beurrées. Elle se sentait mieux. Elle fila s'habiller et prit la route du collège.

Il faisait beau. Pas encore très chaud, mais le ciel était bleu et il ne pleuvait pas.

Tandis qu'elle marchait pour se rendre au collège, ses idées se bousculaient. D'abord, les mots de la dernière lecture et les commentaires qu'ils avaient suscités. Elle se demandait si l'auditeur qui avait été si sensible lirait d'autres textes de la jeune auteure et s'il aurait l'audace de la contacter. Ce serait chouette s'ils entraient en contact l'un avec l'autre. Elle, Marine, savait combien les relations épistolaires pouvaient parfois être enrichissantes et agréables. Ensuite, elle se souvenait du rêve qu'elle avait fait en fin de nuit. C'était tout de même étrange qu'en essayant à tout prix de se détacher d'Adam et de l'oublier, il se rappelât à elle de manière fortuite. Oui, elle éprouvait toujours des choses tendres, douces et enflammées aussi, pour lui. Mais à quoi bon ? De toute façon, c'était établi qu'à présent, elle ne faisait plus partie de ses pensées et ses rêves à lui, alors...

Elle arriva en salle de profs un peu défaite. Il ne fallait pas qu'elle se laisse aller. Elle n'avait que trois heures à assurer ce matin ensuite, elle aurait le temps de rentrer chez elle pour dîner. Elle devait encore donner une heure de cours en fin de journée. Ensuite, des corrections l'attendaient. Elle passerait la soirée seule, à fouiner sur le net. Elle chercherait que lire la semaine suivante…

***

« On peut se parler ? Adam. »

Marine contemplait son GSM… Mais qu'est-ce qu'il lui prenait, à Adam ? C'était déjà bien assez compliqué d'essayer de ne plus penser à lui. Si, à présent, c'était lui qui reprenait contact… Elle hésita. Il ne fallait pas qu'elle lui laisse penser qu'elle était pendue à son portable et qu'elle sauterait comme un diable hors d'une boîte à chaque signe de lui. Elle laissa passer cinq minutes qui lui parurent une éternité. Elle ne voulait pas paraître cassante. Elle n'avait pas envie d'être méchante, juste claire : qu'il n'aille pas imaginer qu'il aurait encore la priorité dans sa vie. Et puis elle avait en tête son rêve, celui dans lequel Adam lui effleurait le nez du bout du doigt. Ce n'était justement pas le moment de se laisser aller à ce sentiment de dépendance de lui. Bien sûr, il n'était pas parti fâché, mais elle, elle souffrait toujours et il faudrait bien qu'un jour, cela s'arrête.

« C'est urgent ? »

Elle n'avait rien trouvé d'autre pour lui manifester qu'elle voulait prendre un peu de temps pour se retourner. Elle se sentait troublée. Son cœur battait très vite, elle avait une grosse boule dans la gorge… Elle avait beau se dire que ce n'était certainement pas grave ou important, elle était vraiment perdue...

« *Je pense, oui...* »

Toujours aussi imprécis. Comme leur relation avait changé, Marine se refusait à des hypothèses. Avant, elle l'aurait questionné, voulant « gratter » jusqu'à ce qu'il se livre. À présent, c'était différent. S'il avait un souci existentiel, qu'il s'adresse à sa Nadège puisqu'ils s'entendaient si bien. Elle n'allait tout de même pas retomber dans...

« *Ça concerne quoi ?* »

Voilà, comme ça, elle n'en disait pas trop : il n'avait qu'à entrer dans le vif du sujet. C'était lui, au fond, qui la sollicitait, non ?

« *Je t'appelle ? Tu as un peu le temps ?* »

Là, elle se sentit craquer. Elle allait à nouveau entendre sa voix un peu sourde, ses hésitations, ses silences, aussi. Ce fut comme si une grande vague chaude lui remontait dans le corps et en remplissait chaque petite veine. Elle avait si froid depuis deux mois et là, c'était pareil à une montée de sève imprévisible...

« *OK...* »

Son GSM sonna. Elle décrocha, mais restait silencieuse pour obliger l'homme à parler le premier. Elle savait que si sa nature reprenait le dessus, elle serait gentille, agréable, laissant tout espoir à Adam. Elle ne voulait pas qu'il puisse se dire qu'elle était là pour lui. Ce n'était pas encore le cas. Peut-être plus tard, mais pour le moment, la plaie était toujours à vif et la douleur présente.

— Salut...

—...

— Je peux te parler ?

Se lancerait-elle ? Elle n'avait pas trop le choix. Si elle avait répondu OK et puis décroché...

— Vas-y, je t'écoute...

Adam lui expliqua...

Se souvenait-elle de ce week-end qu'ils avaient passé à Paris il y a quelque temps ? David de VOA (Voice off Agency) était entré en contact avec lui pour lui demander les coordonnées de Marine. Elle était pressentie par une maison d'édition pour enregistrer des histoires coquines. Celles-ci seraient proposées au grand public sur Audible, la filiale d'Amazon qui vend des livres audios. « *50 nuances de Grey* » avait été enregistré dans leurs studios. Pourquoi pas des romans bien français édités chez la Musardine, puisqu'il s'agissait de cette maison-là ?

Marine ne savait que dire... Oui, il était clair que ce n'était pas Adam qui lui demandait quelque chose. Qu'il ne faisait que transmettre une demande de quelqu'un d'autre. Mais tout de même, il aurait pu dire à David qu'il n'avait plus de contacts avec la jeune femme.

Elle avait beau ne pas se faire d'espoirs concernant son ancien amant, cela lui fit tout de même chaud au cœur de savoir qu'elle n'était pas bannie à tout jamais de sa vie et de sa tête.

Elle écouta l'homme jusqu'à ce qu'il ait fini d'expliquer le coup de fil du responsable du studio.

— Comment se passeraient les séances d'enregistrement ? On ferait ça à Paris ? Comment la Musardine a-t-elle entendu ma voix ? Ça aurait lieu quand ?

Adam se sentait un peu perdu dans toutes les questions de la jeune femme. La sentant emballée, il redevint plus parcimonieux dans ses réponses. Il connaissait l'enthousiasme de Marine, le fait qu'elle puisse s'enflammer pour retomber comme un soufflé raté si quelque chose coinçait. Il tenta de calmer le jeu, mais il se rendait bien compte que ce serait difficile. Elle n'avait vraiment pas changé.

— Je ne sais pas te répondre... Tu sais, il m'a simplement demandé ton adresse mail et ton numéro de téléphone, c'est tout. Et quand je lui ai demandé pourquoi il voulait entrer en contact avec toi, il m'a juste dit : la Musardine a entendu sa voix et ils voudraient qu'elle fasse des essais.

— Et c'est tout ?

— C'est déjà pas mal, tu ne trouves pas ?

— David aurait pu demander à Simon puisque c'est lui qui nous avait arrangé le premier rendez-vous, non ?

— Écoute, je pense que David n'est pas au courant de...

La voix d'Adam s'était faite plus sourde encore... Marine sentit l'émotion de l'homme et ne termina pas la phrase qui était restée en suspens. Elle aussi, elle était troublée : elle avait tellement rêvé qu'il y ait un revirement de situation, qu'Adam lui revienne. Là, ils étaient en ligne, à se parler vraiment, pas à se lamenter ou à être agressifs...

La jeune femme sentit les larmes monter. C'était trop moche, tout de même. Cette relation qu'ils avaient vécue, qui semblait si sereine, si parfaite et puis cette Nadège, qui avait tout fichu par terre. Oui, elle était jeune. Oui, elle était mignonne. Sans doute avait-elle de la conversation... Et sans doute aussi Adam s'était-il senti un « vrai homme », pas quelqu'un qui se laisse guider. Marine savait qu'elle n'avait pas tenté de modeler le jeune homme pour le rendre semblable à ce qu'elle aimait. Si elle l'avait initié, c'était parce qu'ils en avaient envie tous les deux. Il n'avait jamais manifesté quoi que ce soit comme désaccord sur sa manière de s'y prendre. Non, sexuellement, ils s'entendaient à merveille. Mais il n'y avait pas que cela, tout de même ? Elle s'était sentie enveloppée d'amour, aussi. Quel gâchis, vraiment... Ils auraient pu vivre des années de cette manière.

Elle se fit la réflexion qu'Adam était encore bien jeune. Même s'il était timoré et qu'en général, il aimait la compagnie des gens plus âgés que lui, cette fois, cela avait été différent. Cette petite jeune fille l'avait embobiné, ce devait être comme ça que les choses s'étaient passées, et lui, comme un gros bêta, il s'était laissé faire et puis lui avait emboîté le pas...

— Tu vas me donner l'adresse mail et le numéro de GSM de David et c'est moi qui vais le contacter et puis on en restera là, tu veux ?

Adam était à nouveau silencieux. Marine ne se doutait sûrement pas de l'effort que cela lui avait coûté de prendre son téléphone et d'envoyer ce SMS pour entrer en contact avec elle.

Dans un souffle, il lui dit qu'il lui envoyait ça par mail immédiatement et lui souhaita une bonne soirée...

Marine était en larmes. Bien sûr, elle était heureuse de ce dont Adam lui avait parlé. C'était peut-être une porte qui s'ouvrait pour elle dans le domaine des lectures érotiques... Mais d'un autre côté, entendre la voix du jeune homme, retrouver le débit hésitant ou trop rapide de ses mots, imaginer les petites moues qu'il faisait en parlant, ses sourcils froncés et ses yeux pétillants, c'était trop dur. À nouveau, elle se sentait partagée entre l'amour qu'elle éprouvait toujours pour lui et une espèce de rage qu'elle ne parvenait pas à lui exprimer. Bien sûr, Agathe et Simon connaissaient le chagrin que leur rupture lui faisait toujours, mais aucun n'avait idée de ce qui la rongeait constamment, de ce cataclysme qui dévastait son cœur, son corps et sa tête.

C'était bien joli de dire qu'elle prenait les choses en mains, qu'elle était en train de se reconstruire... Le truc, c'est qu'il fallait d'abord qu'elle se débarrasse de tout ce qui faisait qu'Adam lui paraisse encore « aimable ». Et ça, c'était le plus terrible. Puisque dans le fond, elle le trouvait toujours parfait : elle l'aimait toujours...

Ce qu'il faut savoir
au sujet d'Adam

Adam a 27 ans. C'est un homme assez grand, mince. Il a les cheveux châtain clair et les yeux d'un vert très clair. Il a de belles mains, longues et fines. Son allure de chat rasant les murs le distingue de Simon et de Mat. Durant deux ans, il a été en couple avec Marine qui lui a « tout appris ». C'était la première longue relation qu'il avait. Avant, il s'agissait plutôt de flirts d'une soirée ou d'une semaine et les choses n'avaient jamais été plus loin que quelques baisers volés et des frotti-frotta sans conséquence. Avec Marine, il a pratiquement fait le tour de ce qui peut se passer quand des amants se retrouvent au lit ensemble.

Outre le fait que ce soit un ingé-son très compétent, c'est un saxophoniste aguerri. Il fait partie d'un groupe de cover jazz et se produit de temps à autre avec celui-ci. Il aime la photo, également, ainsi que les desserts et le bon vin !

Au moment où l'histoire commence, il est séparé de Marine depuis environ deux mois et est en couple avec Nadège qui est bien plus jeune que lui. Ils se sont croisés dans les couloirs de la radio nationale où il travaille et se sont trouvé plus d'un point commun.

AVRIL

Chapitre 9 :
Premier rendez-vous

Il y avait eu un échange de mails entre David et Marine. Il avait été décidé qu'elle se rendrait à Paris durant les vacances de Pâques, histoire de les rencontrer, lui ainsi qu'une personne de la Musardine. Cela devait se faire dans un petit resto du côté de VOA. Simon accompagnerait Marine. Cela tombait plutôt bien, ce congé scolaire...

C'est la jeune femme qui avait demandé à son ami d'être de la partie. Il connaissait David, avait un peu d'expérience dans le « milieu » et serait d'une aide potentielle pour elle. Simon serait discret. Si Marine avait un souci de compréhension au niveau d'un éventuel contrat, il lui prodiguerait son aide. De plus, c'était un peu grâce à lui si elle avait pu être enregistrée la première fois. Il était donc normal qu'il continue de la suivre et de promotionner sa voix.

Le rendez-vous avait été fixé à midi. Marine et Simon avaient pris le Thalys et ensuite un métro. Durant le trajet, ils avaient discuté de « ce qu'il fallait dire » et de « ce qu'il valait mieux taire »... Il ne serait pas question d'Adam excepté si David parlait de lui : il aurait été de mauvais goût que la lectrice montre sa vulnérabilité et ses états d'âme par rapport à la situation douloureuse qu'elle vivait. Elle avait préparé les enregistrements des dernières émissions qu'elle avait présentées chez Radio-Sonik : cela constituerait un bel échantillon de ses talents. Il serait temps de parler de possibles propositions quand ils auraient rencontré David et le représentant ou la représentante de la maison d'édition.

✳✳✳

— Alors, voilà, dit David à Marine et Simon, je vous présente Anne, de la Musardine, ainsi qu'… Anne V. dont le roman *Parties communes*[3] y a été publié dans une toute jeune collection.

Marine avait les joues très rouges… Quelle excellente surprise que la présence de cette auteure ! Il y a quelque temps, elle l'avait contactée en lui proposant de poser sa voix sur ses mots. Elle avait lu le roman en question et cela lui avait vraiment plu. De plus, c'était pour cette raison que le travail était intéressant, l'histoire regorgeait de personnages tous plus pittoresques les uns que les autres et trouver une « voix » caractérisant chacun d'eux aurait été un vrai challenge.

La lectrice lui dit simplement « Je suis Bleue » en lui tendant la main pour la saluer.

Anne V. lui sourit. Ainsi, c'était elle, la Bleue qui avait pris contact avec elle via son blog perso… L'auteure semblait un peu étonnée. Sans doute ne s'imaginait-elle pas une jeune femme aussi tranquille. Le ton du message de Marine était plutôt emporté et celle qu'elle avait devant elle paraissait réservée. Peut-être n'était-elle pas à l'aise : voilà pourquoi elle était si discrète. Un homme l'accompagnait. Qui était-il pour elle ? Un ami ? Son amant ? Il y avait de jolis regards entre eux, mais aucun geste pouvant laisser imaginer qu'ils étaient en couple…

---

3. *Parties communes* – Anne Vassivière (éd. La Musardine – collection Point G)

Marine, donc, avait toujours la main dans celle d'Anne et elles se regardaient. Il fallait qu'elle se dégèle un peu. Inutile de donner l'impression d'être peu sûre d'elle. Les yeux brillants, la lectrice dit à l'auteure que si la Musardine était d'accord, elle se ferait un plaisir de lire quelques extraits de son roman au studio VOA, qu'il fallait juste que David ait un studio libre. Bien sûr, il y en avait douze, mais en pleine semaine, les places étaient chères.

— On va d'abord prendre un verre et puis on discute de ça, intervint David.

Il sentait que les femmes étaient motivées, mais s'il avait demandé à Marine et Simon de venir jusque-là, c'était plutôt pour prendre un arrangement avec la Musardine, et pas « spécialement » avec Anne. Élodie parla des derniers recueils *Osez 20 histoires* parus et demanda à Marine si cela lui plairait de faire des essais pour l'un ou l'autre texte de celui dont les récits avaient été écrits par des femmes. La lectrice accepta avec plaisir.

— C'est pour aujourd'hui ça ?

— Oui, si vous êtes dispo entre quatorze et seize heures…

— On a le temps jusque-là ? demanda Marine à Simon en se tournant vers lui.

— Oui, bien sûr. De toute manière, s'il faut qu'on passe la nuit ici, pas de soucis. Je contacte des amis qui nous accueilleront avec plaisir.

Combien Marine était ravie ! Elle se souvenait de leur mini-séjour à Adam et elle et eut un petit pincement au cœur. Il lui avait fait la surprise de l'inviter à venir écouter un concert d'Apolline qu'il sonorisait et juste avant, ils avaient soupé à quatre. Un moment magique… Elle balaya ce souvenir. Il ne fallait pas qu'elle recommence de ressasser. Il était déjà difficile d'imaginer qu'elle se retrouverait dans un studio de VOA sans lui. Quant à se souvenir de tout ce qu'elle avait ressenti comme émotions positives ce week-end-là, c'était hors de question.

***

Elle était à présent dans un des petits studios d'enregistrement du vieux bâtiment blanc rénové. Trois feuilles étaient placées sur un pupitre. L'une était un extrait de *Parties Communes*, les deux autres, une histoire du recueil *Osez 20 histoires...*

Pour le plus grand bonheur de Marine, l'auteure de l'histoire était Clarissa Rivière, la dame qui avait écrit ce récit d'initiation que la lectrice avait présenté quand elle avait pris l'initiative d'intercaler un texte qu'elle avait choisi durant les *Coquineries Littéraires*. Elle appréciait énormément cette auteure. Elle commença par ce texte-là. Elle était accoutumée au langage riche et à la façon dont les mots s'enchaînaient et ce serait une bonne entrée en matière, niveau enregistrement. Sa voix se faisait légère ou plus profonde. Anne, qui n'avait jamais entendu Marine, était sous le charme.

Puis, ce fut au tour des *Parties Communes*... Là, la lectrice était un peu plus crispée. Il n'était pas aisé de se mettre dans la peau des deux premiers personnages. Heureusement, il s'agissait de deux femmes. Marine se rappela que quand elle avait lu le livre « dans sa tête », elle n'avait pas compris immédiatement. Il y avait une Nadège... et une autre dont le nom était tu : on disait juste « le docteur » et tout bêtement, la jeune femme avait imaginé être en présence d'un homme.

Anne V. écoutait avec plaisir ce qu'elle avait écrit concernant cette bourgeoise un peu guindée et la gynéco qui en pince pour elle. Marine avait adopté un ton mutin, ou plutôt un peu rieur. Le rythme des mots était tantôt calme, tantôt plus nerveux, mais c'était ce qui convenait au texte. De temps à autre, l'auteure souriait. C'était vraiment de cette manière qu'elle voulait que son lectorat comprenne les personnages. Il faudrait voir comment la jeune femme se débrouillerait avec les hommes du livre, mais cela s'annonçait sous les meilleurs augures. Peut-être pourrait-on faire appel à un monsieur pour lire les chapitres concernant les personnages masculins ?

C'est très emballées qu'Anne de la Musardine et Anne V., l'auteure, quittèrent David, Marine et Simon. Elles étaient conquises. Elles feraient signe à Marine pour la signature d'un contrat la liant aux éditions et les enregistrements pour Audible pourraient commencer dès le mois suivant. Les congés de l'Ascension et de la Pentecôte arriveraient et ce serait l'occasion de rejoindre la capitale française pour travailler à cela.

David était content : enregistrer pour la Musardine, ça ouvrirait pas mal de portes. Et puis ce serait mis en vente en ligne sur internet. C'était une affaire à suivre.

Il était déjà presque 17 h quand Marine et Simon quittèrent le studio.

— Il est trop tard pour sauter dans un Thalys. On passe la soirée ici ?

— Avec plaisir, Simon.

— Écoute, je confirme auprès de mes amis que nous serons des leurs ce soir. Je pense que s'ils nous offrent le gîte, on peut leur offrir le couvert. Qu'en penses-tu ?

— Mais oui, bien sûr... Je ne nous voyais pas nous inviter de cette manière alors qu'ils ne me connaissent même pas...

— Je les avais avertis, mais comme je n'étais pas sûr...

Simon appela tout de suite Cécile et c'est tout joyeux qu'il dit à Marine qu'il avait donné rendez-vous à son amie et son mari pour souper et qu'ils se rejoindraient dans une petite brasserie près du logement du couple.

FIN MAI – DÉBUT JUIN

Chapitre 10

Marine était dans le Thalys, en route vers la capitale française. C'était devenu habituel à présent : elle sautait dans le train à Bruxelles–Midi tôt le matin et arrivait à Paris vers 10 h. Elle prenait un métro et pénétrait dans les studios de VOA moins d'une heure plus tard. Sa voix charmante avait plu à la Musardine et elle était régulièrement appelée à enregistrer l'un ou l'autre texte ou extrait de texte qui était ensuite mis sur Audible. Ça avait commencé par des petits bouts d'histoires pour lancer le projet, juste de la pub. Mais à présent, c'était des nouvelles extraites de la série des *Osez 20 histoires de...*, de sexe à l'hôtel, d'infidélité, de punitions sexuelles… Il y avait un tas de petits recueils dans la collection et si tous devaient être enregistrés, même si ce n'était qu'à raison de deux ou trois par bouquin, ses aller-retour à Paris n'étaient pas près de s'arrêter.

Ce jour-là, l'exercice serait un peu différent. On la faisait lire avec un comédien, un vrai. On lui avait dit que cela ajouterait une dimension sexuelle et même si elle était un peu anxieuse, elle se faisait confiance. Le truc, c'était qu'elle se retrouverait face à un professionnel et qu'elle n'avait certainement pas son niveau…

Il arriva donc, un peu avant elle. Il parlait déjà avec David, le responsable du studio. Il était assez grand, baraqué, des mains puissantes, des cuisses musclées. Un véritable mâle. Sa voix était, contrairement à ce qu'on aurait pu imaginer, dénuée de toute gravité. Marine le regardait. Et le regardait encore. Ainsi, c'était avec cet Apollon qu'elle allait devoir travailler. Ses craintes reprirent un peu : surtout, ne pas se démonter...

David les présenta l'un à l'autre : « Marine, qu'un ami commun a dégotée dans une radio locale belge, Arsène, comédien, qui est davantage dans l'impro que dans la lecture. J'espère que notre, votre collaboration sera fructueuse. » Les lecteurs se regardèrent avec un petit sourire un peu inquiet. David les invita à rejoindre les micros du petit studio 3. C'était celui où Marine avait fait sa lecture quand elle était venue avec Simon en avril dernier.

En guise de mise en bouche, ils s'essayèrent sur un texte de Théo Kosma[4] qui était un dialogue. La voix de l'homme était enjouée, légère. Pas aiguë, non, désinvolte, plutôt. Celle de Marine était plus ronde. De temps en temps, la jeune femme laissait passer un peu de temps, histoire de faire redescendre la pression. Il y avait quelque chose de particulier chez ce comédien. Elle ne pouvait pas préciser de quoi il s'agissait, mais c'était manifeste : il la troublait. Pourtant, elle ne le regardait pas vraiment, toute concentrée à ce qu'elle disait dans le micro. Le texte de Théo tombait « bien dans la bouche », si on peut dire. C'était des phrases amusantes, excitantes à point. Marine adorait cet auteur.

Le texte parlait de fellation. C'était un échange entre un homme et une de ses conquêtes. L'homme se plaint parce qu'elle ne dit rien. Elle respire un peu fort, mais rien d'autre ne sort de sa bouche. Quand c'était au tour d'Arsène de lire, on pouvait distinguer un petit sourire dans sa voix. Marine, quant à elle, était concentrée sur ce

---

4.*Dialogues interdits* – Théo Kosma

qu'elle racontait. Elle avait l'air d'apprécier les échanges avec l'homme. Là, c'était elle qui parlait :

— *Dans un couple, d'habitude pendant la pipe chacun est dans son coin. Le mâle a les mains derrière la tête comme à la plage pour la bronzette, la femelle est concentrée sur l'attribut sans s'occuper du reste. Merci bien ! Moi je veux un homme attentif à ce que je lui fais. Qui me caresse, qui me regarde, qui tremble… Je demande un retour, quoi. Autrement je vois pas l'intérêt, autant m'acheter une poupée gonflable.*

— *Parce qu'il en existe pour filles ?*

— *Celle qui en veut une doit se fournir dans les magasins pour gays. Mais ne détourne pas le sujet. Qu'est-ce qui ne va pas ?*

Arsène souriait plus franchement à l'évocation de la poupée gonflable. Peut-être s'imaginait-il la scène. Peut-être imaginait-il même Marine en train de… Mais non : cette petite jeune femme dont l'attitude était si réservée ne devait pas… Dans quoi s'embarquait-il, avec ses réflexions ? Elle n'était sans doute pas une oie blanche, si elle avait l'habitude de lire des textes cochons… Il reprit.

— *Si tu gémis pas c'est que l'acte te plaît pas. Ou moins qu'avec d'autres.*

— *Eh, tu me prends pour une pute qui exécute une prestation ? Je ne fais rien que je n'aime pas. Je ne fais rien si je n'ai pas envie. Si tu ne m'excitais pas, je serais en train de préparer mon repas et toi tu serais dans le métro, de retour dans tes pénates.*

— *Te fâche pas.*

— *Je me fâche pas, j'explique.*

Marine semblait titillée par ce qu'Arsène racontait. Ou plutôt était-ce ce que les personnages se racontaient, se lançaient comme petites piques. C'était le plus facile à « interpréter ». Elle se souvenait d'un cours d'art dramatique qu'elle avait fréquenté quand elle était encore à l'école. Elle avait dû lire un extrait d'une scène de *Huis clos* de Sartre, la dernière. Elle était Inès et celui qui faisait Garcin, c'était un étudiant dont elle était amoureuse. Elle avait été virulente dans le ton, à la limite de la méchanceté. Oui, au début, c'était un échange avec une autre femme et tout avait démarré dans le calme. Et puis, le ton montait sensiblement. Et elle s'était laissé emporter par le fait que Garcin ne la « considère » pas, ne la remarque pas et que cela la faisait souffrir, même si elle n'avait pas particulièrement de vues le concernant. Ici, elle devait garder toute mesure, ne pas s'acharner sur ce pauvre Arsène qu'au fond, elle ne connaissait pas. Rester calme, maîtresse d'elle…

— *J'aurais pas dû te faire arrêter.*

— *Je me suis arrêtée toute seule.*

— *Et si je te doigtais en même temps ? Tu penses que ça pourrait venir ?*

— *On n'a pas la posture pour, et tes bras sont trop petits.*

— *C'est bon, je le sais que je mesure un mètre soixante et que tu me dépasses d'une bonne tête.*

— *Quelle chance ! Tu as la taille de Prince. C'était un sacré homme à femmes. Bon, j'adore me caresser. Si je me caresse pendant l'exercice, je pourrais bien me laisser aller à gémir un peu.*

— *Sans simuler hein !*

— *Jamais.*

— *Je peux, enfin, aller jusqu'au bout ?*

— *Dans le cas contraire je te l'aurais dit. T'en fais pas je suis pas en sucre. Bon, on arrête de parler ? J'y retourne.*

— *Mmmm... mmm... mmm... waouuuhh punaise qu'est-ce que tu le fais bien. Avec toi c'est les mecs qui gémissent... Hiiiinh... Vas-y caresse-toi. Ouaaais comme ça.*

— *Mmmm... mmm... mmm... mmm...*

— *Aaaaaarh...*

—*...Et voilà ! Au final c'était pas si compliqué. Et en plus sur la fin j'étais suffisamment émoustillée pour t'accompagner un peu dans la voix. Te voilà comblé j'espère.*

— *Pour ça, tu viens de rendre un homme heureux. Par contre maintenant, je peux plus te baiser.*

— *Pas grave, c'était sympa. Bon, on va manger ?*

—*Je t'invite. Dis, avant qu'on sorte... Est-ce que tu pourrais te caresser devant moi ? Finalement une si jolie voix, c'est un crime de l'entendre quand tu as la bouche pleine.*

Le dialogue se concluait de cette manière. Marine avait les joues très rouges et n'osait pas lever les yeux. Arsène riait. Quelle sacrée petite bonne femme, devait-il se dire

— Vous me rejoignez ici ? demanda David.

Les lecteurs déposèrent leur casque dans le studio où ils venaient de passer quelques minutes et se rendirent dans la pièce contiguë.

— Vous pouvez être fiers : ça donne vraiment pas mal. Vous voulez entendre ?

C'est donc un autre casque qu'ils mirent chacun. Il n'y avait aucun traitement sur leurs voix, mais cela pouvait déjà leur donner un aperçu de ce que serait le résultat. Arsène souriait. Oui, c'était chouette, leurs deux voix… Quant à Marine, elle avait fermé les yeux et après quelques instants, elle les rouvrit. Voilà, ça y était, elle savait pourquoi elle se sentait si troublée quand il parlait, tout à l'heure, et quand il lisait…

Il y un moment, au début de sa relation avec Adam, celui-ci lui avait fait écouter un enregistrement binaural… Et bien, le fameux monsieur, celui dont la voix avait tellement emballé la jeune femme, c'était lui, Arsène. Elle en était certaine. Elle avait reconnu ce ton détaché, cette désinvolture, ce soupçon d'insolence, même. Elle le regarda, émerveillée et curieuse à la fois et lui sourit. Elle n'oserait sans doute pas lui dire là, tout de suite, maintenant, qu'elle avait déjà eu l'occasion de l'entendre et que ça l'avait mise dans tous ses états, mais… cela arriverait un jour ou l'autre, c'était certain. Du coup, elle fut incapable de continuer d'écouter l'enregistrement en toute objectivité. Non, elle se souvenait de ses mots à lui, si chauds, si excitants. Et il lui était impossible de se concentrer. « Tu vois ma queue, comme elle bande pour toi… ? ». Comment garder un semblant de sérieux et d'attention dans des conditions pareilles ?

Les mots et les gestes d'Adam lui revenaient par bribes.

— Assieds-toi. Tiens, à ta santé lui avait-il dit en lui tendant un des deux verres de mojito. Un petit quelque chose à manger avant de passer à… ma surprise ? avait-il poursuivi.

Elle l'avait regardé, vraiment éberluée. Ce n'était pas souvent qu'il se conduisait de la sorte. Son savoureux était-il en train de devenir « audacieux » ? D'abord, penser à quelque chose qui aurait pu lui faire plaisir, ce n'était pas dans ses habitudes. Ensuite, tout organiser de cette manière… Enfin, c'était très agréable de se faire dorloter comme ça. Elle avait souri légèrement. Le cocktail était délicieux… C'était John qui lui avait parlé de cela, un soir, avant un concert, en lui disant : « Si tu aimes les trucs un peu forts, et le citron et la menthe, c'est fait pour toi… ». Ce jour-là, elle en avait bu un, et puis un deuxième. Elle avait apprécié cette chaleur qui monte tranquillement de la gorge aux joues, les faisant passer du rose au rouge écarlate. Ses yeux pétillaient… Quand Adam l'avait aperçue, il avait vite compris ce qui se passait : elle était prise de fous-rire et semblait ne plus trop tenir sur ses pieds. Oui, elle avait coutume d'être spontanée et vive. Mais ces signes de légère ivresse l'avaient amusé. Alors, elle aussi, elle aimait la douceur de l'alcool ? Il ne lui en fallait pas beaucoup pour être grisée. Elle se lâchait un peu et c'était attendrissant…

Donc, Marine se revoyait, assise dans le canapé.

— Je te lance ma surprise ?

— Tu ne veux pas me dire de quoi il s'agit ?

— Non non ! avait dit le jeune homme en secouant la tête.

Il arborait un petit sourire mystérieux en regardant la jeune femme.

— Bon, tu es prête ? Je te mets le casque ou les écouteurs sur les oreilles ?

— Les écouteurs…

— OK !

Et là, dans les oreilles, une voix masculine, ensuite une deuxième. Bon dieu, ce que c'était sensuel. Les voix jouaient avec les mots, avec les intonations de plus en plus aguicheuses… Elle reconnaissait la manière dont elle se servait de la sienne. Parfois chuchotante, plus pincée, pétillante ou au contraire un peu éteinte. Ici, c'était un dialogue. Jamais cru, jamais vulgaire. Il y avait des sourires dans ces voix. C'était délicieux.

Et puis, ce qui la troublait aussi étrangement, c'était la manière dont les voix étaient distribuées dans les écouteurs… On aurait dit qu'elle se trouvait entre ces deux hommes, que c'était elle l'objet de leur intérêt et de leurs caresses. Ils étaient craquants de spontanéité, de chaleur douce. Rhoo, ce que c'était excitant. Une certaine tendresse émanait de leur échange. Ils donnaient l'impression d'être attirés l'un par l'autre autant que par cette amante imaginaire qui les séparait.

Marine avait eu les yeux tour à tour étonnés, rieurs, troublés, intéressés… Elle qui d'habitude avait la langue bien pendue, elle se retrouvait à présent silencieuse, complètement sous le charme. Avant que l'audio soit terminé, elle s'était tournée vers Adam.

— Tu sais comment on s'y prend pour obtenir cet effet-là ?

— Non, absolument pas. C'est du binaural, c'est certain. Mais je ne sais vraiment pas comment il faut faire pour que l'enregistrement donne ça.

— C'est une question de post- traitement, tu penses ?

— Non, je ne crois pas. Il doit y avoir quelque chose de spécial qui se passe au moment de la prise de son.

— Tu t'y connais de toute façon mieux que moi… Mais je me disais….

— Que tu aimerais que ta voix « sonne » de cette manière ?

— Oh oui… T'imagines, l'effet sur les auditeurs ?...

Oh que oui, il imaginait tout à fait. Déjà que les lectures de la jeune femme suscitaient des commentaires chauds et excités, parfois même à la limite de la décence. Alors, que serait-ce s'ils se servaient de cette technique. Et puis, il faudrait enregistrer avant l'émission, juste la séquence avec les mots qu'elle choisissait… Il fallait vraiment que le sonorisateur prenne ses renseignements. Il lui avait avoué que oui, il avait eu un cours parlant de cela, dans son école des Arts de Diffusion, mais qu'il n'y avait pas compris grand-chose… Elle s'était dit que c'était parce qu'à ce moment-là, cela ne l'intéressait pas vraiment.

Les derniers mots du « monsieur de gauche » résonnaient encore dans les oreilles de Marine : « c'était trop fou ». À la fois teintés de désinvolture et d'étonnement. Comme des petits bonbons un peu trop « doux » qu'on fait bouger dans la bouche en les suçotant.

Après ce moment de nostalgie, Marine reprit pied.

Arsène était très attentif au résultat. Il ne la regardait pas. Il avait les yeux perdus dans le vague. De temps en temps, un petit sourire s'esquissait sur ses lèvres, mais il disparaissait tout aussitôt. C'était pas mal. David avait raison. Marine avait une voix chantante, mais douce et pourtant, à de nombreuses reprises dans la lecture, elle avait pu la rendre incisive et mordante. Elle lisait de manière dynamique. Aucun effet inutile. Non, tout était juste. En même temps, il est plus facile de lire un dialogue que des descriptions interminables. Donc, oui, leur collaboration s'annonçait sous les meilleurs augures.

— Tu comptais sur d'autres enregistrements de… nous ? demanda Arsène.

— Non, pas pour le moment. C'était juste un essai.

— Tu nous recontactes si besoin ?

— Évidemment ! Marine, tu peux rester encore un peu ? Il y a deux bouts de nouvelles qu'il faut enregistrer et tant que tu es là… J'ai préparé quelques feuilles pour toi.

— OK…

La jeune femme salua Arsène et retourna dans le studio 3. Elle prit connaissance de ce qu'elle aurait à lire. Hmmmm, une histoire d'amour adultérin entre une femme de son âge environ et un ami de son fils. Et puis une autre de candaulisme. Cela lui convenait tout à fait.

David reconduisit Arsène à l'entrée du bâtiment et revint s'installer derrière la console d'enregistrement.

— Tu peux t'asseoir, si tu veux. Les lectures sont longues, tout de même. Tu veux une bouteille d'eau ?

Marine acquiesça en s'installant sur la chaise assez haute qui se trouvait face au micro. Elle but quelques gorgées, referma la petite bouteille et s'humectant les lèvres, commença. Il y eut la répétition de quelques phrases à faire, mais dans l'ensemble, cela convenait à David. Il n'y aurait plus qu'à envoyer le fichier traité à la Musardine qui validerait et mettrait en ligne sur Audible.

La jeune femme se souvenait avec émotion de cette première fois où elle était entrée dans ce studio 3. C'était un dimanche. Elle était accompagnée d'Adam. Le jeune homme lui avait fait la surprise de la présenter à David qu'il connaissait par Simon, mais ce n'est que depuis quelque temps qu'elle se rendait à Paris régulièrement pour faire des enregistrements pour la collection de *Osez 20 histoires de sexe*... Les souvenirs de sa relation avec Adam lui revinrent à nouveau en bouffées.

Quand David lâcha Marine, celle-ci en profita pour donner un coup à fil à Jean d'une cabine publique... Celui-ci connaissait son attachement pour Adam et il la consola parce que ses souvenirs l'avaient pas mal chamboulée. L'homme suivait sa petite carrière. Il avait entendu sa voix, à ses débuts et avait été lui aussi sensible à celle-ci. Ils avaient eu une relation virtuelle, s'étaient rencontrés juste deux fois et avaient décidé ensuite de ne plus poursuivre « ce » genre d'échanges. Ils s'appréciaient et se donnaient des nouvelles de temps en temps. La jeune femme avait été heureuse d'apprendre qu'il se mariait. C'était un peu grâce à lui qu'elle avait découvert le polyamour. Et même si ce n'était pas sa voie, elle acceptait totalement la philosophie de la chose.

Il était l'heure de regagner Bruxelles. Elle avait un autre train à prendre ensuite pour regagner son appartement. Pour se changer les idées, elle lut le dernier bouquin d'E.E. Schmitt : cela parlait de Chopin, de cours de piano. Elle trouva l'histoire et le style de l'écrivain tout à fait intéressants…

La vie reprenait son cours jusqu'à sa prochaine journée à Paris : cours au collège et lectures le mercredi soir sur Radio-Sonik.

Ce qu'il faut savoir au sujet d'Arsène

Arsène est ce qu'on pourrait appeler un « bel » homme : il est assez grand, baraqué, des mains puissantes, des cuisses musclées. Il porte une crinière et une barbe sombres et ses yeux sont bleus. Sa démarche ressemble à celle d'un grand félin et son sourire franc montre des dents d'une blancheur éclatante. Il a une bonne quarantaine d'années.

C'est un comédien professionnel. Il est souvent sollicité pour doubler des feuilletons américains. Depuis un an, il travaille pour un site qui diffuse des podcasts érotiques destinés aux femmes. Il improvise seul ou avec un partenaire (masculin ou féminin) des scènes assez chaudes.

Au niveau sentimental, il n'est pas certain que ses histoires soient longues. Plutôt de jolies rencontres éphémères. Il n'a pas d'enfant. Au moment où se passe sa rencontre avec Marine, il est célibataire.

Chapitre 11 :
Entre elles

— Agathe, il faut vraiment qu'on se voie…
— Tu m'as l'air bien joyeuse. Qu'est-ce qui se passe ?
— Je rentre de Paris et… Tu as congé demain ?
— Oui… C'est si urgent ?
— Oh oui… Je pense que… je renais.

Après avoir convenu de se retrouver le lendemain, un mardi, Agathe raccrocha… Il y avait des semaines que Marine n'avait plus été aussi euphorique. Son amie devait avoir fait quelque chose de particulier le jour précédent. Mais pourquoi cela l'avait-il autant excitée ?

***

Elles s'étaient donné rendez-vous au *Tea for two*. Il y avait moyen de s'isoler un peu et comme Agathe pensait que son amie voulait lui parler en privé, c'était mieux.

Il faisait beau : elles portaient toutes deux des jupes un peu courtes, des hauts clairs et des sandales. Elles avaient les cheveux relevés en chignons en peu lâche.

Marine arborait un sourire radieux.

— Alors, qu'avais-tu de si important et urgent à me raconter ? Tu donnes cours aujourd'hui ? C'est juste pour savoir combien de temps on a pour papoter…

— D'abord, je commence à 13 h 30 : ça nous laisse deux bonnes heures.

— Ce sera assez, tu penses ? dit Agathe en faisant un clin d'œil à son amie.

— Mais oui, il n'y a pas grand-chose à dire, de toute manière.

— Ah bon ? continua Agathe en fronçant les sourcils de manière un peu étonnée.

La jeune femme était surprise. Marine avait visiblement quelque chose à lui confier, mais ce ne serait pas long…

Elles prirent place à une petite table un peu en retrait, rien à voir avec la table ronde de la fois où elles étaient venues avec Apolline et Simon.

— Je pense que…

Marine ne savait pas comment présenter les choses. Elle poursuivit.

— Pose-moi des questions. Je ne parviens pas à mettre mes idées en ordre pour t'expliquer…

Là, ça devenait vraiment étrange. D'habitude, Marine savait bien s'exprimer. Elle parlait avec facilité de ses sentiments, de ses impressions, de ses goûts… Il fallait qu'elle soit vraiment troublée pour ne pas trouver ses mots.

— Donc, hier, tu étais à Paris, commença Agatha.

— Oui, c'est ça. Je devais aller enregistrer des petits teasers pour Audible, tu vois, l'appli d'Amazon pour écouter des histoires ?

— Oui oui, je vois très bien. Et ?

— Et… je n'étais pas seule…

— Oh !!! Continue…

— Je ne sais pas si je t'avais parlé de ce qu'Adam m'avait fait écouter il y a un moment…

— C'était… ?

— Un enregistrement en binaural. Tu vois ce que c'est ?

— Heu… non, pas vraiment.

— La prise de son pour ce truc-là est particulière. Et donc, à l'écoute, c'est particulier aussi.

— Ah ?

Agathe ne voyait vraiment pas où son amie voulait en venir.

— Oui, mais, en gros, qu'est-ce que ça a à voir dans ton histoire d'enregistrement à toi ? David t'a proposé de faire ça, un enregistrement « je ne sais quoi » ?

— Non, mais attends, j'y viens. Donc, Adam me met les écouteurs dans les oreilles et là… Pfiou…

— Pfiou quoi ?

— J'entends deux voix masculines qui se parlent, une dans chaque oreille. Et une des deux me trouble à un point inimaginable.

— Elles racontent quoi, ces voix ?

— Avec la prise de son, on aurait vraiment dit que j'étais entre les deux hommes. Ils faisaient des commentaires sur moi, enfin, la demoiselle entre eux. Ils parlaient de…

— De ?...

— De l'effet que ça leur faisait de « me » regarder, que j'étais mignonne, que j'avais de beaux seins. Ils… comparaient leur sexe et leur érection. Ce genre de truc. Tu vois…

Agathe était médusée. Comment ? Adam si timoré avait fait écouter ce dont Marine parlait… La jeune femme ne comprenait toujours pas pourquoi Marine était aussi émoustillée… Par… David ? Par quelqu'un d'autre ?

— Continue… Tu as l'art de ménager tes effets…

— Donc, voilà pourquoi je te parlais d'enregistrement binaural.

— Oui ?

— Une des voix, celle qui me faisait tant craquer… je l'ai vu !

— Tu l'as vue ?

— …

— La voix ?

— Celui à qui elle appartient…

— Ohhh… Et ?

— Il a le physique qui va avec la voix.

— À ce point-là ?

— À ce point-là…

— Et ensuite ? Vous avez fait quoi ?

— Ben, on a fait ce pour quoi on était là : on a enregistré…

— Et… c'était chaud ?

— Oui… C'était un texte de Théo Kosma. Un de ses petits dialogues que j'aime tant sauf que c'est difficile de les lire pendant les *Coquineries Littéraires* parce que je suis seule…

— Et là, tu ne l'étais pas…

— Pas quoi ?

— Ben, pas seule. Et en plus, s'il est vraiment si canon que ça… Tu as dû bien en profiter, je me trompe.

Non, Marine n'en avait pas profité, du moins pas comme Agathe le sous-entendait. Elle voulait tellement être parfaite dans sa tâche de lectrice qu'elle s'était concentrée sur ce qu'elle devait lire et pas sur l'homme qui se trouvait juste à côté d'elle…

— C'est prévu que vous enregistriez encore ensemble ?

— Oui, je pense. Ici, c'était juste des essais pour Audible. À mon avis, ils sont sur un gros projet chez VOA, genre les *50 nuances de Grey*, tu vois ?

— Sauf que ça, ça a déjà été enregistré, non ?

— Oui, par une comédienne belge, même, si tu veux tout savoir.

— Ah non, je ne savais pas.

— Même qu'elle a fait ses études dans l'école où Simon donne cours et qu'elle y était en même temps qu'Adam, John et Tom…

— Quelle coïncidence !

— Exactement…

— Donc, je me dis que ça doit être pour autre chose… Je vais un peu chercher s'il y a un roman du style qui pourrait être lu par un homme et une femme.

— Bon courage !

— Merci, dit Marine en soupirant.

Intérieurement, elle se disait que si elle devait se farcir tous les romans édités chez la Musardine pour trouver ce quoi il s'agissait, elle y passerait plusieurs années… À moins que.

Elle se souvenait des personnes qu'elle avait rencontrées en avril, Anne et Anne V.. Anne, l'auteure, surtout. Il lui vint comme une inspiration subite : c'était l'auteure de *Parties Communes*, un vrai roman, pas une nouvelle. Chaque personne habitant un immeuble prenait la parole à son tour pour décrire ses relations. C'était peut-être ce que la maison d'édition avait en projet : un enregistrement mixte où tour à tour Arsène et elle liraient, qui les rôles féminins, qui les rôles masculins. Oh, pensa-t-elle, si c'était ça ?

JUIN

Chapitre 12 :
Si c'était... ça!

Marine avait reçu quelques feuillets qu'elle devrait enregistrer en juillet.

Pour l'instant, elle s'occupait des copies à corriger pour les examens de ses élèves au collège. Il y en avait un fameux paquet. Elle fonctionnait avec des grilles d'évaluation. Cela permettait d'être la plus objective possible. Chaque compétence était consignée et évaluée. Cela faisait un boulot supplémentaire au moment de l'élaboration de ses tests, mais au final, elle était certaine d'être pratiquement impartiale. Bien sûr, il lui arrivait d'ajouter un point par-ci par-là quand c'était vraiment catastrophique, mais qu'elle était au courant du fait que l'un ou l'autre travaillait énormément pour peu de résultats. Par contre, elle était intransigeante quand il s'agissait de fainéants qui étaient plutôt doués, mais ne fichaient rien, ni en classe ni à la maison. Elle en avait pour deux demi-journées au moins et puis il y aurait les conseils de classe et ensuite les jours blancs pendant lesquels des activités devaient être prévues : une excursion à la Citadelle de sa ville, une initiation au Code de la route et à la conduite pour ceux en dernière année, une visite culturelle et une activité sportive. Bref, elle verrait arriver le 25 juin avec plaisir.

Elle n'avait plus vraiment eu l'occasion de retrouver Agathe. Mais son idée de lecture conjointe de *Parties Communes* avec le bel Arsène avait fait son chemin. Elle ne fut donc pas étonnée de lire ce que David lui avait été envoyé : une partie concernant Carole et une autre contée par Nadège. Elle lut rapidement chacun des extraits. Il n'y avait pas de partie masculine, malheureusement. Elle alla chercher le livre dans sa bibliothèque, et c'est, un peu dépitée, qu'elle se rendit compte que mis à part deux ou trois textes, il n'y avait rien pour un homme et une femme dans le même chapitre… Tant pis, se dit-elle. Le fait d'avoir pu lire un dialogue de Théo Kosma avec ce monsieur l'avait déjà pas mal troublée. Il fallait juste qu'elle sache quand lui serait au studio pour enregistrer et s'arranger pour le croiser « accidentellement ». Si on ne lui donnait pas l'occasion de le revoir, elle allait provoquer les choses. Cela en toute innocence, bien sûr…

Le jeu. 3 juin 2021 à 13 h 12, David H. < david@voa.fr > a écrit :

Salut Marine,

Tu trouveras ci-joints les textes qui concernent le prochain enregistrement.

Peux-tu me recontacter ASAP pour que nous fixions la date de celui-ci ?

À bientôt,

David.

Le jeu. 3 juin 2021 à 13 h 26, Marine < marine@radiosonik.be > a écrit :

Coucou David,

Merci pour les textes.

L'idéal pour moi serait la semaine du 5 juillet. Serais-je la seule à enregistrer ?

Au plaisir de te lire,

M.

La réponse ne fut pas longue à venir : David lui proposait le mardi 6 juillet. Elle ferait, en plus de la lecture des textes envoyés auparavant, une lecture conjointe avec Arsène...

Marine se dépêcha d'envoyer un SMS à Agathe. « *Je vais enregistrer à Paris le 6 juillet et Arsène sera là...* ».

Déjà, elle échafaudait mille projets : ils iraient se promener dans Paris, ils iraient boire un verre ensemble, ou manger, même. Ils feraient connaissance et... ils formeraient un couple parfait. Et puis elle se ravisa. Il était peut-être en couple de son côté, ou marié. Peut-être avait-il des enfants. Peut-être, peut-être. Ses espoirs étaient en train de s'effilocher. Avant tout chose, il fallait qu'elle arrête de se monter la tête. Être prudente, aussi... ça, c'était autre chose. Adam avait laissé une si grande place dans sa tête et dans son cœur que n'importe qui aurait pu s'y sentir confortable. Elle ne voulait pas se faire trop d'idées sans connaître un peu mieux cet Arsène. C'était normal, après tout. Cette rupture avec Adam lui avait mis le cœur trop à mal. Il aurait été stupide de « replonger » aussi vite dans une histoire susceptible de la faire souffrir...

Elle répondit à David que cela lui convenait parfaitement et qu'elle serait là pour 10 h si c'était d'accord pour lui.

***

Le mois de juin avait été très occupé. Comme elle le prévoyait, elle n'avait pas eu beaucoup de temps à consacrer à ses rêveries. Quand on est prof de collège, la fin de l'année scolaire est costaude. Et c'est soulagée que Marine, le 30, referma la porte de la salle de profs, les bras chargés de cadeaux de ses élèves : des petits mots, des chocolats, un bouquet de fleurs même, et un livre. Ses étudiants n'étaient pas au courant de son activité de lectrice sur Radio-Sonik, par contre, ils connaissaient son amour pour les poètes français, surtout les femmes et l'un d'eux lui avait offert une anthologie de la poésie féminine.

Elle allait pouvoir se consacrer à ses chers textes que David lui avait fait parvenir. Elle s'installa donc dans son canapé bleu et se plongea dans les mots d'Anne. Il fallait qu'elle leur trouve un rythme, en fonction du personnage qui les « disait ». Il fallait qu'elle trouve le ton idéal, aussi. Et puis elle retourna chercher son exemplaire des *Parties communes* et, en lisant en diagonale, repéra les chapitres où un personnage masculin et un personnage féminin interagissent. Finalement, elle en trouva trois. Elle lut et relut les passages. Sans doute David la confronterait-il à l'un ou l'autre de ceux-ci.

Le lundi précédant le rendez-vous à Paris, elle téléphona à Agathe, histoire que celle-ci lui donne du courage et la temporise à la fois. Il ne fallait pas qu'elle se monte la tête… C'était trop tôt. Il valait mieux être prudente. Et puis qu'avait pensé Arsène de leur première rencontre ?

JUILLET

Chapitre 13 :
Quand Arsène se livre...

Alors, voilà : il allait la recroiser...

Ils s'étaient rencontrés un mois auparavant. Elle avait l'air un peu inquiète. Oui, il savait qu'elle n'était pas une comédienne pro, mais elle avait, en tous cas, un excellent contrôle de sa voix... Quand ils avaient commencé à lire, il s'était dit que tout en elle était contraste. D'abord son timbre un peu rond alors que physiquement, elle ne l'était pas. Ensuite, ses yeux anxieux alors que le ton qu'elle avait adopté pour lire ce dialogue ne l'était nullement. Pour terminer, ce trouble alors que les mots qu'elle prononçait étaient tout de même assez... imagés. Les textes de Théo Kosma étaient toujours très précis, très intelligents. Son vocabulaire, loin d'être cru, contraignait le lecteur à imaginer plutôt qu'à se complaire dans du « trop dit ».

Ils arrivèrent pratiquement en même temps devant le bâtiment blanc de VOA. Il la rejoignit alors qu'elle avait l'oreille collée à l'interphone. Elle venait d'appuyer sur le bouton de la sonnette et elle attendait qu'on lui ouvre. Ils se sourirent, un peu gênés, surtout elle. D'après ce qu'il savait, elle n'avait jamais lu avec un partenaire, mis à part leur bout d'essai du mois précédent.

— Oh ! fit Marine.

Ses yeux pétillaient un peu. Visiblement, elle avait davantage d'assurance qu'en juin...

— Alors, comme ça, c'est le grand jour ! s'exclama Arsène.

— Le… grand jour ? poursuivit Marine en ravalant sa salive.

— Oui, il est prévu qu'on enregistre plus qu'un essai…

— Tu as l'air plus au courant que moi.

— David ne t'a rien dit ?

— Non, il m'a juste envoyé des extraits de *Parties communes*.

— Quel cachotier ! Tu sais qu'à moi, il a raconté l'impression que tu as faite à l'auteure…

— Ah oui ? C'était… bien ? demanda la jeune femme, un peu sur la défensive.

— Pour sûr que c'était bien. D'ailleurs, elle a vraiment été emballée et ne veut que ta voix sur son roman. C'est pas mal, je trouve… Et toi ?

— Oui, en effet, c'est… pas mal…

Marine était à présent silencieuse. Elle semblait pensive. Arsène esquissa un petit sourire et proposa à la jeune femme de retrouver David. C'était certainement lui qui allait mettre la lectrice au parfum…

— Hep, Marine ! Prête pour le grand saut ?

Mais qu'est-ce qu'ils s'imaginaient ? Qu'elle avait la trouille ? Qu'elle aurait des difficultés à s'en sortir ? David continua.

— Partager une lecture avec quelqu'un d'autre, c'est nouveau pour toi, non ?

— Ben, j'ai fait des bouts d'essais avec ce monsieur, dit la jeune femme en désignant Arsène… Mais je ne sais pas ce que ça donne… On a juste entendu nos voix brutes…

— Mais du bon, Marine, du bon ! Sinon, je doute que la Musardine t'ait choisie pour *Parties Communes*. Ils sont pas mal exigeants chez eux ! Je ne sais pas pourquoi, mais l'auteure tenait absolument à ce que ce soit toi. Et comme elle a tout de même son mot à dire puisque c'est son bouquin... Anne, l'éditrice de la Musardine, s'est inclinée.

Ainsi, c'était juste. Là, c'était confirmé. Marine et Arsène bosseraient sur le même roman. Arsène fit un clin d'œil à Marine.

— Content pour toi, ajouta-t-il. Enfin, pour nous !

Il vit Marine rosir. Elle était attendrissante. Jusque-là, il n'avait pas encore regardé autre chose que sa frimousse un peu timide et ses yeux pétillants. Elle esquissa un petit geste pour repousser une mèche de ses cheveux châtains et la remettre derrière son oreille. Il se demandait quel âge elle pouvait avoir. La quarantaine ? Non, plutôt trente-cinq ans, pensa-t-il. Elle a un air si enfantin : ça m'étonnerait qu'elle ait mon âge. Je me demande si elle est célibataire. C'est un joli brin de femme. Discrète, mais agréable à regarder.

Marine ne fit aucun commentaire alors qu'elle avait l'air si émue. Elle était intimidée. Travailler avec un comédien tel que lui, qui sait si bien moduler sa voix, c'était impressionnant. Enfin, Arsène n'en rajoutait pas. Il était humble. C'est souvent le cas des « vrais artistes » : ils sont conscients de leur valeur, mais aussi de leurs limites. Arsène, par exemple, n'aurait jamais tenté de doubler des dessins animés ou des feuilletons pour enfants. Alors que ce genre de chose tentait Marine.

Ils s'installèrent côte à côte dans le petit studio. Un pupitre et un micro devant chacun d'eux. Deux petites bouteilles d'eau et deux casques étaient préparés sur une table. Après quelques réglages, David leur donna le feu vert. Il s'agissait de lire un échange entre Carole et Sylvain, un couple. Ce qui était particulier dans ces textes, c'est qu'on avait successivement la manière dont les personnages abordent chacun le sexe. Lui se sent un « super-étalon » qui assure et il imagine que sa dulcinée le trouve incroyable. Quant à elle, c'est tout le contraire : limite, elle le trouve ennuyeux et n'hésite pas à simuler. Marine aimait ce qu'elle avait à lire : encore un macho qui se pensait irrésistible. Dommage que cela tombe sur le bel Arsène…

Marine, plus rompue à l'exercice que son partenaire de lecture, donnait l'impression de flotter au-dessus des mots. L'homme, par contre, davantage habitué à l'impro, éprouvait des difficultés à lire le texte tel qu'il était écrit. Il avait constamment envie d'ajouter des mots, d'en retirer d'autres. Il voyait la lectrice se tirer très bien d'affaire et se demandait comment elle faisait pour anticiper avec autant d'aisance le caractère de chaque paragraphe. Quand ils firent une pause, il lui demanda.

— Comment parviens-tu à trouver le ton juste chaque fois ?

— Et bien, pendant que je dis une phrase, je lis la suivante dans ma tête…

— Tu as le tour, ça se sent.

— Ce n'est pas si compliqué, tu sais. Si tu veux, je peux te servir de répétitrice… Une fois que tu auras testé le truc, tu t'en serviras facilement… et tu me béniras !!

— Ouais, attends, c'est pas encore fait !

Leur petite pause était terminée. Ils reprirent. Arsène se débrouilla un peu mieux. Oui, il avait du métier : sa voix était souple, ses intonations très justes. Et le conseil que lui avait donné Marine lui servit grandement. Son débit était plus fluide. Il lui faudrait encore de l'entraînement, mais il était en bon chemin pour être capable d'anticiper comme elle quelle émotion il devait transmettre.

Elle était habile. Elle n'avait pas peur des mots plus crus. Quiconque aurait lu tout haut la prose d'Anne V. aurait été surpris et peut-être même déstabilisé. Alors que Marine... Arsène lui jetait des coups d'œil admiratifs de temps en temps. La petite mèche de cheveux qui lui retombait sur le visage ajoutait à son charme. Chaque fois que cela se produisait, la jeune femme la balayait d'un doigt sans la replacer derrière son oreille.

Puis, ce fut à nouveau au tour d'Arsène de s'y coller. Sa voix pouvait tout aussi bien exprimer la légèreté que la gravité. Dans le podcast en binaural qu'Adam avait fait écouter à Marine, celle-ci avait remarqué le ton un peu taquin et railleur de l'homme. Ici, il était tantôt hautain, tantôt contrit. C'était amusant et la jeune femme ne perdait aucune expression du lecteur.

Quand on fut au bout, Arsène et Marine se tournèrent l'un vers l'autre et se regardèrent franchement. Cela avait duré presque une heure trente. Ils avaient enchaîné d'autres extraits. Il allait bientôt être midi. Ayant gagné en assurance l'un comme l'autre, ce fut lui qui proposa à la jeune femme d'aller manger un bout, un petit, ensemble. Ce qu'elle accepta, évidemment, avec beaucoup d'empressement. Il ne pourrait pas retourner au studio l'après-midi parce qu'il avait prévu autre chose.

— Avant de nous mettre en route, dit-il, permets-moi de...

D'un geste très léger, il saisit la petite mèche rebelle qui balayait à nouveau le front et le regard de Marine et gentiment, la remit derrière son oreille gauche. Celle-ci releva le menton, les yeux remplis de larmes. C'était le premier geste un peu tendre qu'Adam avait eu à son égard : replacer cette fameuse mèche dans son petit chapeau noir…

Même si ses sentiments s'amenuisaient, elle n'était toujours pas guérie de lui… Arsène surprit sa détresse, mais n'en connaissant pas la raison, il pensa qu'elle était émue de l'enregistrement qu'ils venaient de faire.

— Allez, tiens le coup. C'était une chouette expérience, non ? Et puis on refera certainement l'une ou l'autre séance. Je compte sur toi…

Marine décida de ne pas se laisser aller : montrer sa fragilité à cet homme n'était vraiment pas une bonne idée.

— T'inquiète, ça va aller… Alors, on va se manger un truc ?

Arsène dit au revoir à David et c'est très heureux de leur matinée que la jeune femme et lui quittèrent le bâtiment. Marine y reviendrait cet après-midi…

Ce n'est que le soir qu'Arsène se dit qu'il était bien dommage qu'il n'ait pas pensé à demander le numéro de GSM de Marine ou son adresse mail. Il faudrait qu'il trouve comment le contacter sans… intermédiaire…

***

Marine était sur un petit nuage… Combien tout avait été charmant avec Arsène, le jour précédent ! Comme elle était rentrée tard, impossible de déranger Agathe avec ses émerveillements. Ce n'est donc que le mercredi matin qu'elle fit signe à son amie. Suivit un échange de SMS :

— *Il faut que je te raconte...*
— *Le bel Arsène ? ;-)*
— *Bien sûr... On se voit quand ?*

— Cet après-m, si tu veux, après l'émission. On se retrouve au parc?

— OK. On ira se chercher une glace et puis on se promènera.

La lectrice avait hâte de faire part à Agathe de tout ce qui s'était passé, comment, ce qu'elle avait ressenti, pensé…

Chapitre 14 :
Les ressentis d'Agathe

Marine avait un sourire jusqu'aux oreilles. Cela fit énormément plaisir à Agathe. Serait-il possible que, comme son amie le lui avait dit, elle renaisse enfin ?

— Alors, vas-y, commença Agathe. C'était si bien que ça ?

— Je laisse le meilleur pour la fin, si ça ne te dérange pas…

— Non, je t'écoute.

— En termes de meilleurs, il y en a eu plus d'un…

Les amies se regardaient. Il y avait longtemps que Marine n'avait plus pétillé de cette manière. C'était manifeste. Agathe se souvenait de ces yeux vides…

— Donc, voilà : on a enregistré toute la matinée. Il est vraiment chou, ce gars…

— Hmm hmm, et ensuite.

— Oui, ensuite, on est allés manger un bout rien que nous deux. Bon, c'était dans un snack, mais le service devait être rapide puisque moi, je retournais au studio ensuite et que lui, il avait autre chose à faire durant l'après-midi.

— Continue…

— Pendant une pause, je lui ai expliqué comment je m'y prenais pour lire. Tu sais, lui, il fait beaucoup d'impro, c'est un vrai comédien. Il a suivi des cours et tout…

— Ah oui, dit Agathe en levant les yeux au ciel et en hochant la tête : c'est un vrai comédien…

Elle trouvait amusante la manière passionnée dont Marine parlait de lui : on aurait dit une petite fille devant une nouvelle Barbie ou un joli livre à colorier.

— Rhooo, mais arrête de me chambrer...

— C'est parce que j'aime te voir comme ça.

— Comme ça, comment ?

— Ben, tout en affaire pour ce monsieur, tiens. Je ne dois pas te rappeler comment tu étais, il y a quelques semaines encore...

— Non, c'est vrai, dit Marine piteusement. Mais tu sais, j'ai tout de même eu un moment... nostalgique.

— Oh ? Et ton Arsène s'en est rendu compte ?

— Oui, sauf qu'il ne savait pas pourquoi j'avais les larmes aux yeux.

— Tu lui as expliqué ?

— Non, je l'ai laissé croire que c'est parce que j'étais émue du fait qu'on ait enregistré ensemble.

— Et ce n'était pas ça ?

— Non... enfin, si, j'étais un peu chamboulée qu'on ait passé ce temps-là côte à côte, mais ce n'est pas pour cette raison que mes larmes sont montées...

— Pourquoi, alors ?

— Parce qu'il a fait quelque chose de doux et de gentil et que ça m'a rappelé Adam...

Il y eut un silence. Agathe regardait son amie de manière attendrie.

— Ça t'a rappelé Adam ?

— Oui... Tu ne l'as peut-être jamais remarqué, mais quand je mettais mon petit chapeau, les premières fois qu'Adam sonorisait mes *Coquineries littéraires*, il replaçait souvent une petite mèche de mes cheveux dans mon chapeau. On n'était pas encore amants à ce moment-là.

Mais ses petits gestes étaient si tendres que... cela me faisait fondre.

— Non, je n'ai jamais assisté à ça. C'était sans doute quand ton émission se terminait et que vous quittiez le studio ?

— Oui, voilà, c'est ça...

À nouveau, un voile tomba sur le regard de Marine. Il faut vite trouver comment lui changer les idées, se dit Agathe, sinon, elle va à nouveau déprimer.

— Bon, et cette glace ?

L'une choisit sorbet framboise et l'autre sorbet citron vert puis elles allèrent s'installer sur un banc dans le parc...

Chapitre 15 :
Les premiers pas d'Arsène

Deuxième vendredi de juillet

Il fut un temps où c'était les hommes qui se sentaient obligés de faire le premier pas... À présent, hommes et femmes étaient à égalité concernant la parade amoureuse. Marine préférait qu'une cour se presse autour d'elle. Elle se réservait le droit de choisir. Elle était pratiquement certaine qu'Arsène, s'il était intéressé, ferait ce qu'il fallait pour qu'ils se rencontrent à nouveau. Elle n'avait pas besoin de se lancer la tête la première dans l'histoire, juste... attendre... Et adviendrait ce qu'il pourrait.

On était vendredi, juste trois jours après que Marine soit allée enregistrer chez VOA. La jeune femme n'en crut pas ses yeux. Là, sur son GSM, un message signé Arsène s'étalait. On ne pouvait pas parler de longueurs, mais ce qu'il disait était très encourageant.

« Coucou Marine, comme c'est congé chez nous mercredi prochain, on pourrait se voir à Bruxelles. Tu me ferais visiter... ça te dirait ? Bises. Arsène. »

Mais comment avait-il son numéro de GSM ? Sans doute un petit coup de pouce de David. Elle ne le connaissait pas Cupidon...

Elle prit le temps de réfléchir. C'est souvent comme cela que réagissent les femmes... Qu'allait-elle porter ? Que lui ferait-elle voir ? De combien de temps jouiraient-ils ? Prendrait-elle une décision sans en parler à Agathe au préalable ou plutôt, celle-ci ne serait-elle pas choquée que Marine se fiait à son instinct comme une grande fille qu'elle était ?...

Elle allait accepter dans un premier temps. Et quand elle aurait eu confirmation d'Arsène, elle raconterait et projetterait avec Agathe… Oui, c'était ce qu'il fallait faire. Elle avait vraiment envie d'un rendez-vous avec cet homme. Elle craignait un peu que son amie n'ait pas son enthousiasme…

Sur des charbons ardents, elle répondit à Arsène.

« *Avec plaisir, Arsène. Tu aimes le… chocolat ? Dis-moi quand tu arrives à Bruxelles. Je t'organise une petite journée sympa… Bisous. Marine.* »

« *Je tâche d'être là aux environs de onze heures. Je te confirme ça le plus vite possible.* »

« *Parfait. À vite.* »

C'est seulement à ce moment-là qu'elle envoya un SMS à Agathe pour lui annoncer qu'Arsène et elle allaient se voir la semaine suivante. Tout cela faisait plaisir à Agathe. Elle se souvenait de ces semaines où Marine était tellement déprimée et combien elle avait souffert de sa rupture avec Adam. Oui, c'était lui qui était parti. Mais elle se rappelait que le jeune homme n'en menait pas large non plus. Quand il avait annoncé à Marine qu'il ne travaillerait plus à Radio-Sonik, cela avait déjà été un grand choc et quand il avait continué en lui disant qu'il préférait ne plus la croiser toutes les semaines parce qu'il avait une autre en vue, là, cela avait été le coup de grâce. Cependant, il était très conscient du fait que Marine n'avait rien fait pour mériter cela. Ils avaient passé des moments inoubliables. Elle lui avait appris tellement de choses. Elle lui avait fait prendre confiance en lui. Bref, elle avait vraiment été « sa bonne étoile » pendant les deux ans qu'avait duré leur relation.

Arsène, contrairement à Adam, donnait l'image de quelqu'un qui est sûr de lui, qui sait où il va. Là où Adam paraissait chat effarouché, Arsène semblait félin redoutable. Marine se demandait s'ils se ressemblaient… au fond. Avaient-ils les mêmes goûts ? Se comportaient-ils de manière semblable ? L'allure, c'est un critère, oui, mais ce qu'il y a dessous quand on gratte un peu, c'en est un autre, et pas des moindres.

Le vendredi soir, Marine eut confirmation de l'heure d'arrivée du Thalys qu'Arsène voulait prendre pour la rejoindre. Il serait à Bruxelles un peu avant onze heures. Pourrait-elle l'attendre au pied de l'escalier roulant au bas du quai ? Il avait tout le loisir de passer la journée dans la capitale, mais il devait reprendre le train à dix-huit heures.

Après avoir répondu que c'était d'accord, qu'elle serait à l'endroit qu'il lui avait indiqué, elle envoya un SMS à Agathe. Il fallait qu'elle la mette au courant…

— Coucou. Devine quoi ?
— Une bonne nouvelle ?
— On se voit avec Arsène mercredi prochain…
— À Paris ?
— Non, à Bruxelles…

Suivirent un smiley rieur, deux cœurs bleus et un clin d'œil. Et ensuite, un pouce levé.

Marine n'avait pas de temps à perdre : c'était déjà mercredi qu'ils se verraient. Elle devait se choisir une tenue, vérifier les horaires de trains qui la mèneraient à la gare d'arrivée du bel Arsène et aussi décider des endroits où elle allait l'emmener…

***

Marine avait fait un tour rapide des habits d'été qu'elle possédait. Des tops foncés ou fleuris dans les tons clairs, des jupes que la décence l'empêchait de porter au collège parce qu'elles étaient assez courtes. Quelques robes, aussi. Des shorts. Elle avait ouvert toute grande sa garde-robe. Elle n'avait pas encore vraiment trié vêtements d'été et tenues d'hiver…

Elle fixa son choix sur une jupe blanche avec des fleurs bleues et vertes. Mais ne trouva pas de haut assorti qui lui plaisait. Elle appela Agathe à la rescousse.

« Tu viens m'aider à choisir un haut pour mon rendez-vous de mercredi prochain ? », ce qu'Agathe accepta avec plaisir.

Le samedi, la rue commerçante de la ville où elle habitait était piétonne. C'était le jour du marché et même s'il n'y avait pas énormément d'échoppes, pas mal de monde se promenait. C'est dans cette rue que se trouvait le magasin où elle achetait la majorité de ses habits. Marine cherchait quelque chose de bleu et la seule blouse de cette couleur qu'elle possédait avait des longues manches… Trop chaud pour mi-juillet. Elle arriva donc à la boutique. Agathe l'y rejoignit. Elle portait la fameuse petite jupe blanche : ce serait plus facile d'assortir le haut. Après quelques essayages, elle se décida pour une blouse bleue transparente, mais doublée d'un top à fines bretelles. Elle était du même bleu un peu passé des fleurs de sa jupe. Agathe n'eut pas grand-chose à dire au sujet du choix de son amie. Celle-ci était ravie de son achat. Il faudrait qu'elles aillent aussi choisir des boucles d'oreilles et un ras-de-cou blanc ou vert, histoire d'être tout à fait parfaite pour le fameux rendez-vous. Elle mettrait des sandales plates avec lesquelles elle avait l'habitude de marcher. Les rues bruxelloises sont pavées et avec de jolis escarpins, la promenade menaçait d'être périlleuse ! Il fallait qu'elle soit à l'aise, mais que sa tenue soit tout de même un peu recherchée.

C'est très satisfaites que les amies regagnèrent l'appartement de Marine. Il faisait chaud. Elles furent contentes de gagner la petite terrasse que la lectrice avait aménagée sur le toit. Une table, deux chaises face à face, des plantes grimpantes qui escaladaient un muret et deux suspensions garnies de fraisiers. Quand elle y passait un morceau de soirée, Marine allumait de grosses bougies à la citronnelle afin d'éloigner les moustiques…

— Tu veux un verre de quoi, Agathe ?

— Juste de l'eau…

— Pas quelque chose d'un peu plus fort ?

— Tu proposes quoi ?

— De la sangria, j'en ai fait jeudi dernier : Simon est venu souper. Et comme je savais qu'il apporterait une bouteille de vin, je me sentais un peu obligée de prévoir un apéro léger…

— Aaaahhhh, ce cher Simon ! Il va bien ?

— Oui, oui, très bien. L'album avec Apolline avance comme il veut.

— Ils ont déjà bossé sur combien de titres ?

— Six ou sept, il me semble.

— Qui sont bouclés, finis, terminés ?

— De belles maquettes, enfin, c'est ce qu'il m'a dit. Et là, il attend qu'Adam propose des effets, des traitements sur les voix, ce genre de choses…

Agathe regarda Marine à la dérobée. Cette dernière n'avait pas cillé… Elle fit un sourire. Certainement que c'était toujours difficile pour elle, mais elle était capable à présent de contenir toute l'émotion qui la submergeait.

Elles continuèrent de bavarder, se préparèrent une petite salade qu'elles mangèrent sur la jolie terrasse puis Agathe quitta son amie.

Chapitre 16 :
Mon cœur s'emballe

Jamais Marine n'aurait imaginé que l'attente serait aussi ardente et les jours aussi longs. Oui, elle avait déjà connu ces frissons : quand elle décomptait les nuits qui les séparaient, Adam et elle au début de leur relation, par exemple.

Ici, elle avait le sentiment qu'Arsène était prêt à lui faire la cour, et cela lui plaisait énormément. Avec Adam, cela avait été différent. Ils avaient « fait » des choses ensemble avant cette nuit où il était devenu son amant. Des concerts, des expos… Mais c'était le plus souvent des sorties où ils n'étaient pas seuls.

Depuis que la jeune femme avait rencontré l'homme, en juin, elle avait pensé à lui chaque jour. Pas seulement à son sourire, ou à ses yeux. Non, plutôt à cette espèce de confort qu'elle ressentait à son contact. Il l'avait complimentée alors qu'il avait bien plus de métier et de formation qu'elle. Elle s'était sentie talentueuse dans ses yeux. Elle n'avait pas l'habitude d'un intérêt pareil. Elle était presque certaine qu'Arsène ne cherchait pas à la flatter ou à vouloir à tout prix la mettre dans son lit. Non, cela s'apparentait à autre chose.

Par certains côtés, il ressemblait à Simon. Il avait cette énergie intérieure qu'il parvenait à canaliser, cette fougue, ce sourire radieux. Il n'était pas introverti comme Adam. Il émanait un charme particulier de toute sa personne.

Elle avait un peu peur de se laisser submerger ou trop facilement apprivoiser. On n'allait pas jouer les intrigantes quand le bel Arsène la retrouverait au pied de l'escalier qui descendait du quai, mais…

Il fallait à présent qu'elle cherche quelle promenade ils allaient faire. Elle connaissait des hôtels sympas, mais elle doutait que l'homme ait envie de « cela » dans un premier temps. Comme elle l'avait décidé, ce serait à lui de la séduire et pas le contraire. Oui, elle voulait être belle pour leur rendez-vous, mais c'était juste une marque de respect vis-à-vis de ce Parisien, pas une manœuvre de séduction.

Elle repéra le musée Magritte qui la séduit d'emblée. Elle espérait qu'Arsène serait intéressé et que, surtout, il ne l'avait jamais visité. Ils iraient sur la Grand-Place aussi. Et pour grignoter ou manger davantage, il y avait le Drug Opera, une brasserie très élégante où elle avait déjà été plusieurs fois avec des amis.

Toutes ces préparations l'occupèrent pas mal jusqu'au mardi. Elle dormit comme un loir et c'est fraîche comme une rose qu'elle se mit en route le lendemain. Direction la gare de sa ville : une bonne heure la séparait de la capitale…

**

Le trajet en train lui parut durer des heures. Elle arriva à Bruxelles un peu après dix heures trente. Le Thalys de Paris était déjà annoncé. Arsène lui avait dit qu'ils se retrouveraient au pied du grand escalier…

Il fallait à tout prix qu'elle calme les battements de son cœur. Elle était certaine que celui-ci faisait tellement de bruit que tous les gens la croisant les entendaient. Elle le vit, au sommet du fameux escalier. Il la cherchait des yeux. Il n'était pas difficile à repérer : il était si grand qu'il dépassait pratiquement d'une tête la majorité des passagers qui avaient fait le trajet dans le même train que lui. Il portait une veste légère et un jeans. À l'épaule, un petit sac à dos. Pour le moment, elle ne voyait que cela.

Quand il arriva à sa hauteur, il lui fit un grand sourire en disant :

— Bonjour la p'tite Belge !

— Bonjour le grand Français !

Ils se regardèrent quelques secondes... Il se pencha vers elle et lui déposa un baiser sur la joue.

— Alors, t'as prévu quoi ? On visite, hein, c'est bien ça ? Marine fronça les sourcils.

— Mais oui, c'est ce qui était convenu, non ?

— Je te fais marcher. Oui, c'est ce qui était convenu...

— Tu me fais marcher, tu me fais marcher... Et bien, je vais faire pareil.

— Tu vas me faire... marcher ? demanda Arsène, en prenant un air un peu inquiet.

— Oui ! D'ailleurs, j'espère que tu as de bonnes chaussures, fit la jeune femme en regardant les pieds de l'homme.

Elle constata avec plaisir qu'il avait des chaussures de marche, légères, et le félicita en ajoutant qu'il y aurait des kilomètres à faire, oui.

— On va pas aller s'enfermer dans un métro, sauf si tu préfères qu'on se déplace de cette manière...

— Avec le soleil qu'il y a, ce serait dommage en effet.

— Voilà...

— Alors, on fait quoi ? Tu m'en dis plus ?

La jeune femme lui expliqua qu'ils devaient rejoindre un musée, sans donner d'autres précisions, puis la Grand-

Place et qu'elle lui parlerait en chemin de ce qu'elle avait prévu. Ils se mirent donc en route vers celui-ci. Il y avait une grande avenue à parcourir.

— On fera un crochet par les Galeries Royales et ensuite, on peut aller manger, si tu veux…

— OK, ça roule.

Tout en marchant d'un bon pas, ils devisaient avec animation. Arsène posa des questions à Marine concernant son boulot au collège, le pourquoi et le comment de ses émissions à la radio. Avait-elle déjà eu des contacts avec des auditeurs ? Elle n'eut pas le cœur à lui raconter son aventure virtuelle avec Arthur et ce qui s'était passé réellement avec Jean. Quant à son histoire avec Adam, il était préférable qu'elle ne l'évoque pas. Inutile de ressasser des souvenirs qui la rendaient encore un peu malheureuse. Il ne fallait à aucun prix que le bel Arsène soit témoin de sa fragilité.

Marine interrogea Arsène à son tour. Avait-il déjà enregistré pour Audible ? Faisait-il autre chose dans la vie que des poses de voix ?

— Tu es bien curieuse, lâcha l'homme en souriant.

— Oh, j'espère que ça ne te dérange pas… trop. C'est parce que je suis tout emballée par ton expérience vocale.

— Mais oui, je te taquinais.

— Je peux te parler de quelque chose qui me trotte en tête depuis qu'on a été présentés en juin ?

— Bien sûr.

— Et bien, ta voix, je l'avais déjà entendue. Et…

Arsène se tourna vers elle et la regarda dans les yeux.

— Et ?

La lectrice avait la voix qui tremblait un peu.

— Et… elle m'avait fait un fameux effet.

— Dis-moi, poursuivit Arsène en la regardant toujours.

— Tu ne veux pas savoir de quoi il s'agit ?

— Oh, je m'en doute, tu sais. En général, elles y viennent bien plus vite que toi.

— …

— Oui, elles n'ont que ça en tête : Arsène qui flirte tantôt avec Ben, tantôt avec une « demoiselle »… parce que c'est bien de cela qu'il s'agit, non ?

Marine ravala sa salive… Elle avait été trop pressée. Elle aurait dû lui faire cet aveu plus tard. Là, elle était tout intimidée. Elle se demandait comment elle allait pouvoir rattraper le coup.

— T'as l'air de bien assumer…

— Pourquoi ce ne serait pas le cas ? Je te l'ai dit, l'impro, c'est mon truc. Et cette expérience, c'était top…

— Ah oui, le binaural…

— Parce que « mademoiselle » s'y connaît.

— Pas tant que ça, tu sais. C'est juste que celui qui m'a fait découvrir ta voix et cet enregistrement, il est ingé-son et que…

— Et que… ?

— Il trouvait ça formidable. Voilà, c'est tout.

Le visage de Marine s'était refermé. Arsène se rendit compte du malaise et ne poursuivit pas sur ce sujet. Il n'allait pas l'écorcher alors que jusqu'à présent, le temps qu'ils passaient ensemble était si chouette.

De fil en aiguille, ils arrivèrent au Musée qu'ils visitèrent. L'ultime étape de l'excursion, c'était les Galeries Royales. Marine avait découvert cet endroit quand elle était tout jeune et à présent qu'il y avait des magasins de chocolatiers belges et réputés, le lieu était incontournable. Il était déjà presque quatorze heures trente. Et l'un comme l'autre avait faim, ils obliquèrent et rejoignirent la brasserie que Marine connaissait.

Ambiance cosy, feutrée et sombre, même en pleine journée.

— On monte ? On sera plus au calme.

— OK, je te suis.

Elle choisit pour eux une petite table de deux un peu en retrait. Elle ne s'imaginait rien. Il était bien trop tôt pour cela. Elle savait juste qu'elle avait envie d'être contre lui, mais qu'elle le laisserait approcher. C'était à lui de décider de quand et de comment.

Ils s'installèrent, lui, dos à la fenêtre, elle, face à lui. Un serveur leur amena deux cartes. Il faisait chaud. Ils commandèrent une salade l'un comme l'autre. Pour le dessert, on verrait. Arsène ajouta qu'une carafe d'eau ne serait pas de refus. Quelqu'un arriva promptement avec un plateau, déposa deux verres et l'eau sur la table qui les séparait. Glaçons et rondelles de citron. Le Parisien remplit chaque verre.

— À ta santé, la p'tite Belge.

— À la tienne, le grand Français.

Ils recommencèrent de deviser. D'abord du musée qu'ils avaient visité. Magritte intriguait Arsène. Marine lui promit de chercher des infos sur le peintre. Elle ne connaissait pas bien le surréalisme. Son dada à elle, c'était les impressionnistes. Elle s'embarqua dans un long monologue où il était question du musée d'Orsay, de son goût pour Renoir. L'homme sut que si elle venait passer une journée à Paris, c'est là qu'il la mènerait, quand bien même elle avait déjà vu ce musée plus d'une fois... Leurs salades arrivèrent à table et il ne fallut pas longtemps avant qu'elles soient avalées.

— J'ai encore faim… Et toi ? demanda Marine avec une petite mine un peu contrite.

— Pareil. Un dessert ? Qu'est-ce que tu me conseilles ?

— Attends, on va redemander la carte. Mais je pencherais bien pour une glace, avec beaucoup de fruits.

— Bonne idée. Alors, je demande juste une carafe d'eau et deux glaces aux fruits. Avec de la crème fraîche ?

— Hmmmm, oh oui !

— On est gourmande, à ce que je vois !

Marine piqua un fard. Oui, elle était gourmande, mais pas que de glace ! Tout son corps avait faim de lui… Elle espérait juste que ce ne soit pas trop flagrant. Il aurait été de mauvais goût qu'elle se jette sur Arsène. Qu'il continue ses approches : cela n'avait pas l'air de le gêner. Et elle, cela lui plaisait assez…

Chapitre 17 :
Marine fait le point

15 juillet

— Alors, vous vous êtes embrassés ? demanda Agathe.

— Oh non : c'est un gentleman, tu sais, ce monsieur.

— Vous avez fait quoi ?

— On s'est promenés, on est allés au Musée Magritte et puis on est repassé par les Galeries Royales, je voulais lui montrer les chocolatiers. On est allés manger au Drug Opera et on est restés là jusqu'à ce qu'on se mette en route pour la gare du Midi sauf que cette fois, c'était en tram…

— Ça m'a l'air bien chouette, tout ça. Tu t'es bien amusée ?

— Oui… tu n'imagines pas à quel point. Au début, j'étais assez tendue, mais… Oh, Agathe, si tu savais comme il me plait.

— On le dirait, oui !

— Il n'y a pas que son physique. Enfin, non, ça ne gâche rien qu'il soit aussi canon, évidemment. Mais…

— Il y a le reste ?

— Oui, c'est ça, le reste : sa manière de s'exprimer, un peu railleuse, et puis ses sourires lumineux, le fait qu'il soit attentif à ce que je raconte. C'est un tout, en fait.

Agathe était songeuse : celui que son amie décrivait, c'était à peu de choses près, une copie d'Adam. Sans doute un peu moins pâle, mais… ses taquineries, sa manière de sourire, sa capacité d'écoute. C'était exactement les mots que Marine employait quand elle parlait de « son » Adam chéri.

— Quels sont vos projets, à présent ? Vous allez vous revoir ?

— Oui… je pense…

— Ah ? Dis-moi.

— Et bien, hier, on était le 14 juillet et c'était férié en France et dans une semaine…

—… c'est le 21 juillet et c'est férié chez nous ! continua Agathe. Heureusement que pendant les vacances, les *Coquineries Littéraires* s'interrompent…

— Oh, sorry. J'ai oublié de te demander comment l'émission d'hier après-midi s'était passée…

— Te fais pas de bile : elle roule toute seule.

Marine n'avait pas raconté à son amie tout ce qui s'était passé au moment où Arsène et elle s'étaient séparés. Ils étaient arrivés à la gare une bonne demi-heure avant le départ du Thalys. Ils étaient allés s'asseoir sur un banc sur le quai, en attendant que l'employé du train fasse entrer les voyageurs dans le wagon où l'homme avait une réservation. Arsène avait délicatement passé son bras gauche autour des épaules de Marine. Il avait effleuré sa joue et la petite place sous son oreille très tranquillement. Là, elle s'était déjà sentie fondre. Ensuite, il avait attrapé cette petite mèche rebelle entre ses doigts et avait joué avec elle négligemment. Marine avait laissé tomber la tête contre l'épaule de l'homme. Elle sentait son odeur un peu musquée. Et cela ne la laissait pas indifférente. Il était d'une douceur incroyable, mais il était clair qu'il respectait la jeune femme profondément. Il avait décelé des regards remplis de détresse et de chagrin. Il se disait qu'elle devait cacher de lourds secrets pas évidents à gérer. Il ne voulait pas précipiter les choses. Et de toute manière, ce n'était jamais que la troisième fois qu'ils se voyaient et même si un tas de choses les liaient…

***

… même si un tas de choses les liaient, il valait mieux ne pas tirer de plans sur la comète. Marine avait beaucoup souffert et ce n'était sans doute pas encore fini vraiment. Cet amour perdu, elle arrivait seulement à y penser sans se mettre à pleurer. Il y avait toujours beaucoup d'amertume et de chagrin, comme l'avait senti Arsène.

« Merci pour cette belle journée. Tu m'as montré des choses splendides. Je te renvoie l'ascenseur mercredi prochain ? Bises. »

Le cœur de la jeune femme avait fait un bond. Bien sûr qu'elle était contente de recevoir ce SMS d'Arsène, mais quelque part, elle était sur la défensive : tout avait l'air de s'arranger et ce n'était pas… « normal ». Elle hésitait à être heureuse pleinement. Alors, elle allait lui dire oui, oui et re-oui. Et elle prendrait le Thalys à son tour le mercredi suivant.

***

La semaine passa vite. Il fallait que Marine soit parfaite : sa tenue, sa coiffure. Elle avait envie de sentir bon. La lectrice n'avait toujours pas raconté à son amie Agathe ce qui s'était réellement passé : ces gestes de tendresse d'Arsène pour elle étaient si inattendus qu'elle se demandait si, espérant qu'il se passe quelque chose, elle n'avait pas imaginé ses doigts jouant dans son cou et le reste… Elle préférait ne rien attendre. Cela valait mieux de garder la tête froide.

Il avait fait beau durant tout le week-end. Simon et elle s'étaient retrouvés le samedi. Ils étaient allés se promener au parc. Marine avait touché un mot à l'homme de sa rencontre avec le Parisien. Elle s'était montrée honnête et n'y était pas allée par quatre chemins… Oui, il lui plaisait, mais non, elle n'allait pas foncer tête baissée dans une histoire alambiquée. Et puis ils étaient si éloignés de par la distance qui les séparait. Il n'était déjà pas facile à Simon et elle de se voir, alors qu'ils n'habitaient qu'à une petite soixantaine de kilomètres l'un de l'autre. Alors, que dire du temps qu'Arsène et Marine devraient passer à se déplacer pour se retrouver ?

Simon était partagé entre le fait de se réjouir pour la jeune femme et celui de lui conseiller de garder la tête froide. Il n'était pas un homme qui donne des conseils, juste quelqu'un qui écoute et qui questionne, mais en tout respect, histoire de comprendre le « fond » des choses. Il regardait son amie d'un air rêveur. Il aurait été moche pour elle de retomber dans une histoire de sentiments comme avec Adam alors que cette histoire précédente la faisait toujours souffrir.

D'un autre côté, il la sentait enthousiaste, vivante et il y avait longtemps que cela n'avait plus été le cas. Et cela lui faisait vraiment plaisir. Il se dit qu'après le deuxième rendez-vous à Paris, Marine y verrait peut-être plus clair.

On arriva rapidement au mercredi matin suivant. Marine et Arsène échangèrent des petits SMS entre le lundi et le jour de leurs retrouvailles. La jeune femme restait prudente. Heureusement que l'homme n'était pas en face d'elle quand elle recevait un message : il aurait vu ses yeux pétiller et aussi le soin avec lequel elle répondait. Elle pesait chaque mot et parfois, cela prenait tant de temps qu'elle recevait un autre mot d'Arsène entretemps...

Au final, il fut décidé que Marine prendrait le train de neuf heures moins le quart et serait à Paris à un peu plus de dix heures. Simon et elle s'étaient arrangés pour que la jeune femme loge chez lui. Elle ne serait pas obligée de se lever aussi tôt que si elle était partie de sa ville !

***

Durant le trajet, elle se plongea dans un roman dont elle avait entendu parler : une histoire d'amour et de sexe, une femme de trente ans mariée à un homme bien plus âgé qu'elle qui fait le point sur sa vie... Ce qu'elle aimait, dans ce bouquin, c'était la description de l'héroïne : ses états d'âme, ses ressentis, ses émotions. Il y avait des scènes plus crues, oui, mais elles n'alourdissaient absolument pas le récit. Peut-être pourrait-elle lire l'un ou l'autre extrait lors des *Coquineries littéraires*, son émission du mercredi soir. Elle nota au crayon les passages qu'elle insérerait.

Il était dix heures. Le train entrait en gare de Paris-Nord. Marine portait aujourd'hui une robe rouge décolletée. Oh, rien de vulgaire. Juste quelque chose mettant un peu sa poitrine et sa taille en valeur. Des chaussures plates en cuir naturel et un fourre-tout assorti. De jolies boucles d'oreilles et un foulard dans les cheveux. Elle avait la main sur la poignée pour ouvrir la porte de l'express. Durant le trajet, elle avait envoyé un SMS à Arsène pour l'avertir de la voiture dans laquelle elle voyageait. Elle le vit sur le quai, qui la cherchait des yeux. Comme cet homme lui plaisait, sa prestance, ses yeux curieux, ce sourire qui flottait sur sa jolie bouche.

Quand il l'aperçut, son sourire l'élargit. Il rejoignit la porte vitrée derrière laquelle Marine se trouvait. Quand elle s'ouvrit, il attrapa la main de la jeune femme pour l'aider à descendre du train. Dès qu'elle fut à son niveau, ils se regardèrent. Arsène dégagea cette petite mèche de cheveux rebelle du joli visage de la lectrice et déposa un baiser très doux sur sa joue. Marine frissonna. Y aurait-il d'autres manifestations de…

L'homme lui empoigna la main.

— On a un tas de choses à faire. Pas le temps de flâner. Là, on va sauter dans un métro pour rejoindre… Enfin, tu verras, termina Arsène avec un petit air mystérieux.

— Ah ?

Son amie avait les yeux brillants. Elle était touchée par ces attentions qu'Arsène lui prodiguait. Était-il imaginable qu'il l'emmène à Orsay, ce musée qu'elle aimait tant ? Enfin, c'était les impressionnistes qu'elle aimait surtout…

— Mais oui, continua Arsène. On en a pour un moment en métro. En fait, il y en a deux à prendre… Mais j'avais vraiment envie de t'emmener là.

Le trajet dura une quarantaine de minutes. Marine ne reconnut pas la station à laquelle ils descendaient. Visiblement, l'homme ne la conduisait pas où elle s'y attendait. Elle souriait. Elle aimait les surprises et cela la touchait qu'il ait cherché à lui faire plaisir.

— Tu m'emmènes où ?

— Chut, sois patiente : ça vaut le déplacement, je te l'assure !

— J'espère bien…

Chapitre 18 :
Visite au Musée

Marine anticipait déjà le plaisir. Il la menait sans doute visiter un musée, mais lequel ? Mis à part Orsay et le musée Rodin, elle n'en connaissait pas d'autres à Paris. Ils descendirent à la Muette. La jeune femme trouvait le nom de la station amusant. Cela la fit penser à « la muette de Portici », cet opéra qui fut le point de départ de la rébellion qui provoqua l'indépendance de son pays. Un petit trajet à pieds : un parc à traverser et puis une maison de maître qui lui semblait assez vaste.

— C'est ici, annonça Arsène. J'ai pris des billets coupe-file.

La jeune femme était étonnée. Elle ne connaissait pas l'endroit et pensait bien n'en avoir jamais entendu parler.

— On est où ?

— Tu n'as pas une petite idée ?

— Absolument pas…

— Tu aimes les impressionnistes, c'est ça ?

— Heu, oui…

— Et bien, tu vas être servie.

Des salles avec du mobilier, des sculptures… Jusque-là, oui, c'était joli, mais rien de bien passionnant. Elle était un peu désappointée. Son ami la regardait en souriant.

— Ça n'est pas ce que tu… imaginais ?

— Non, pas vraiment.

— Tu es déçue ?

Tout en parlant, ils avaient continué la visite. Et c'est là que Marine s'arrêta, bouche bée. Ils venaient d'entrer dans une pièce… verte. Enfin, non, ce n'était pas les murs qui avaient cette couleur, mais les tableaux qui y étaient suspendus.

— Mais, c'est… magnifique… dit la jeune femme en écarquillant les yeux.

— Une découverte ? demanda Arsène.

— C'est pas du Monet ni du Renoir, ça, je le vois bien, mais…

— C'est une femme qui a peint tout ça.

— Une femme ?

— Oui, ça t'étonne, non ?

— Non, ce n'est pas ça qui m'étonne.

— Ah, dis-moi.

— C'est plutôt qu'elle ne soit pas connue.

— Elle est connue, tu sais, peut-être pas en Belgique, mais ici, par les amateurs d'impressionnisme, c'est une figure emblématique…

— Elle s'appelle comment ?

— Morisot. Berthe Morisot.

— On peut rester ici ? S'asseoir et regarder les tableaux à notre aise ?

— Oui, pas de soucis…

— Je te préviens que ça peut durer longtemps…

— Ah bon ?

Quand elle visitait un musée de peintures, ce qu'elle préférait, c'était se planter devant chacune d'elles pour laisser les émotions la submerger. Arsène n'était sans doute pas au courant de la chose. Elle se glissait dans l'admiration et cela l'enivrait.

Des jardins, des femmes, jeunes ou plus âgées, des enfants… Il y avait tant de lumière dans ces tableaux. Marine en avait les larmes aux yeux. Elle était debout, à présent, face à une peinture représentant une cueillette. Elle était admirative devant le rendu des couleurs : du vert, bien sûr, puisque c'était la couleur dominante de l'œuvre de l'artiste, mais aussi toute une palette de jaunes. Éclatant, c'était la sensation qui émergeait à présent…

La jeune femme avait la bouche entrouverte comme si elle allait parler, mais non, elle restait silencieuse. Arsène s'approcha d'elle. Elle était tellement plongée dans ses admirations qu'elle ne se rendit compte de rien. Il vint se placer à sa gauche et posa chacune de ses mains sur les épaules de Marine. Il se pencha vers son oreille gauche.

— Ça te plait, on dirait, lui chuchota-t-il…

— Tu n'imagines pas à quel point, murmura-t-elle.

Tendrement, il lui déposa un baiser sous l'oreille.

— Tu es belle quand tu es admirative. J'espère qu'un jour, c'est moi que tu regarderas comme ça…

Marine ferma les yeux. Qu'il continue, pensait-elle. « Oui, bien sûr, je l'admire, lui. Je l'admire et je l'aime en plus. Mais j'ai si peur d'être malheureuse… »

Arsène la regardait à présent. De tous ses yeux. Avec infiniment de tendresse. Elle ne se rendait sans doute pas compte du trouble qu'elle déposait au creux de son corps. Elle avait envie qu'il la prenne dans ses bras. Elle se laisserait aller, c'était certain. Ce qu'elle ressentait, c'était confus : du plaisir, oui, du respect, aussi. À nouveau, elle était hésitante. Il fallait qu'ils parlent de ce qui leur arrivait : elle était consciente qu'ils étaient attirés l'un par l'autre, mais, était-ce autre chose que de l'attirance ? De l'amitié ? De l'amour ? Une sorte de tendresse ?

Elle tourna la tête. Il la scrutait maintenant. Elle fit pareil. Les prunelles à la couleur incertaine de Marine dans les yeux bleus d'Arsène.

— On devrait se parler, tu ne penses pas ?

L'homme prit la petite main de Marine dans la sienne. Ils sortirent du musée sans avoir terminé la visite. Le cœur de la jeune femme battait à tout rompre… Il y avait, pas loin, un parc qu'ils avaient traversé en sortant de la station de métro. Avec des bancs…

C'est sur un de ces bancs qu'ils s'assirent et discutèrent pendant un moment. Ils ne parlèrent que de ce qu'ils éprouvaient l'un pour l'autre, de leurs hésitations, de leurs peurs. Et au final, ils se rendirent compte qu'ils se ressemblaient assez. Ils aspiraient à une histoire profonde. Ils espéraient que l'autre pensait pareil, mais si ce n'était pas le cas, ce n'était pas un drame. Une relation, ça se construit de jour en jour. Inutile de se précipiter. Ils étaient patients et c'était même mieux que les choses n'aillent pas trop vite. Ils habitaient loin l'un de l'autre et ils savaient que ce serait difficile d'être séparés d'autant de kilomètres… Ils avaient tout de même l'espoir que cela devienne sérieux. Ils en avaient envie tous les deux.

À aucun moment, Arsène n'avait cherché à embrasser Marine. Et c'était pareil pour elle. Leur relation intellectuelle était primordiale pour le moment… Bien sûr, ils n'étaient plus des enfants, mais se jeter l'un sur l'autre ne leur convenait pas.

Quand ils eurent discuté pendant presque une heure, ils se mirent en route, main dans la main. De temps en temps, Marine se penchait contre l'épaule de cet homme qui comptait tant pour elle. Ils se souriaient. Et Arsène lui déposait un petit baiser sur les doigts, ou sur la joue, ou sous l'oreille.

— Embrasse-moi, à présent…

Avec mille précautions, l'homme dégagea le joli visage de la lectrice des cheveux qui lui tombaient dessus. Il plaça ses mains sous le menton de son amie et très tendrement prit possession de sa bouche. Cette bouche qui racontait des mots crus et des mots tendres, qui chuchotait ou riait. Elles étaient douces, leurs lèvres. Marine se gavait. Elle n'osait pas encore se laisser aller vraiment. C'était trop beau.

— J'aime tes baisers, Arsène. J'aime leur douceur. Tes lèvres, elles sont… hmmmm… divines.

— Chut… Laisse-moi continuer, tu veux ?

— Serre-moi un peu.

— Tu n'as pas peur que je t'étouffe ?

— Non, c'est bon, tes bras…

Ils passèrent beaucoup de temps à s'embrasser, à se serrer l'un contre l'autre. Les doigts d'Arsène étaient gentils et très respectueux. Marine avait envie de lui demander d'aller plus loin, mais cela choquerait peut-être son ami. Pas la demande, mais le fait que ce soit elle qui la fasse… Mis à part Adam, les autres hommes avec qui elle était sortie étaient entreprenants. Elle n'avait plus l'habitude de « demander ». Le corps d'Arsène était viril, mais tendre. Marine était intimidée : elle avait peur de sentir le désir de l'homme. Tout portait à croire que c'était le cas : le souffle de son ami était de plus en plus rapide, sa bouche se faisait plus pressante, plus avide. Elle se dit qu'ils auraient du mal à contenir leurs élans.

Chapitre 19 :
Quand Simon s'en mêle

22 juillet

Après plusieurs étreintes à la gare de Paris-Nord, ils se séparèrent. Marine reprit le train pour Bruxelles. Arsène regagna son logement près de la Seine.

Il était presque vingt-deux heures quand Marine se retrouva sur la petite terrasse sur le toit. Elle était lasse, mais joyeuse. Elle s'était servi un thé glacé et le sirotait en regardant le soleil qui avait presque disparu derrière les immeubles voisins. Quelle agréable journée elle avait passée ! La découverte de cette peintre, Berthe Morisot, avait été extraordinaire. Passons sur le petit repas qu'ils avaient pris. Et puis cette conversation, très délicate, mais très franche aussi. Ça, c'était quelque chose qu'il aurait été impossible de vivre avec Adam. Bien sûr, ce dernier était bien plus jeune. Il avait assurément davantage de difficultés à communiquer qu'Arsène. Ici et maintenant, la situation était claire. La jeune femme n'avait pas encore parlé du sonorisateur à son nouvel ami. Il faudrait pourtant qu'elle s'y résolve un jour ou l'autre. Oui, l'homme qu'elle aimait à présent devait savoir : c'était une question d'honnêteté. Elle, par contre, elle savait qu'elle ne poserait pas de questions à Arsène concernant ses anciennes relations. Elle avait comme une sorte de pudeur vis-à-vis de lui. Et puis elle se l'avouait : il l'intimidait. Il donnait l'impression d'être si sûr de lui, si confiant en sa valeur. Elle ne voulait pas qu'il montre quoi que ce soit comme faille et risquer de paraître fragile à ses yeux. Elle savait que cela le rendrait plus humain, mais elle s'en fichait. Elle voulait juste l'admirer… telle une icône… même si c'était artificiel. De toute manière, elle se connaissait : si elle s'engageait dans une relation avec lui, il deviendrait « son parfait ». Elle excuserait ses maladresses, ses coups de gueule, son négatif qu'elle aurait tôt fait de trouver positif. Elle était entière…

« *Bien rentrée, la p'tite Belge ? Fais de beaux rêves. Je t'embrasse. A.* »

Elle sourit en découvrant le SMS d'Arsène. La seule ombre, mais ce fut vite balayé, c'était la signature qui se résumait à cette initiale… Un petit nuage de nostalgie passa dans ses yeux. Elle avait hâte de lui répondre.

« *Mais oui, le grand Français… Mes rêves seront doux puisque tu en feras partie, c'est certain. Marine.* »

« *Tu m'écris demain ?* »

« *Avec plaisir… Je t'embrasse.* »

Et c'est apaisée que Marine mit son pyjama court et rejoignit son lit. Bien sûr, elle réfléchit à ce qu'elle allait écrire à Arsène, mais les émotions de la journée avaient été telles qu'elle s'endormit rapidement. Elle rêva d'étreintes tendres dans les jardins des toiles de Berthe Morisot et l'homme qui la serrait intimement, c'était, bien évidemment, celui avec qui elle avait passé la journée !

***

Le soleil était déjà haut quand elle ouvrit les yeux. Il était presque onze heures. Il faisait déjà chaud dans la chambre, même si les stores gris anthracite occultaient bien les fenêtres…

Elle s'étira et sourit. Oh oui, les songes avaient été magnifiques… À présent, elle devait se recentrer un peu sur elle. D'abord, prendre contact avec David de VOA pour savoir quand serait la prochaine séance d'enregistrement. Le studio devait être fermé entre le 14 et le 31 juillet et on recommencerait sans doute en août. Ensuite, elle voulait parler avec Agathe et Simon de ce qui lui arrivait. Pas pour avoir des conseils, mais plutôt pour se libérer. Ce trop-plein de bonheur l'émerveillait, mais lui faisait un peu peur.

En août, elle aurait aimé organiser une petite fête pour son anniversaire et elle en aurait profité pour faire venir le bel Arsène et le présenter à ses amis. Bien sûr sa confidente, Apolline et Simon seraient de la partie. Elle préférait maintenir un peu Béa et Téo à distance, le couple ayant été trop proche de leur couple à Adam et elle…

Elle pensait juste à un pique-nique et des grignotages sur la terrasse. Quelque chose de simple, de pas guindé. Elle en parlerait à ses amis belges après avoir demandé à Arsène quand il était libre vers le 18 août.

***

« *Hello Marine. Tu te souviens de l'endroit dont je t'ai parlé, où il y a des spectacles un peu… Tu vois ? As-tu quelque chose de prévu le 5 août ? Je réserve des places ? Simon* »

« *Tu m'en dis plus ?* »

« *Deux comédiens de l'école où j'enseigne. Une compilation de textes érotiques… ça devrait te plaire…* »

« *Ok. Es-tu d'accord si j'invite Arsène ?* »

« *Pas de problème. J'attends que tu me dises pour le nombre de places* ».

Marine réfléchit. Il fallait faire vite. Le 5 août, c'était dans quinze jours. Arsène serait-il libre ? Aurait-il envie de passer une soirée à Bruxelles ? N'était-elle pas trop pressée ?

La première chose à faire, c'était de demander à Arsène s'il était disponible et surtout, s'il avait envie de la rejoindre. On verrait pour les détails ensuite.

« *Hello le grand Français. Un ami me propose un chouette petit spectacle le 5 août à Bruxelles. Libre ? Intéressé ? Marine.* »

« *Ça roule pour moi, la p'tite Belge. Je logerai à Bruxelles si c'est possible...* »

« *J'arrange tout ça... et reviens vers toi ASAP* ».

Marine rayonnait. Elle reprit contact avec Simon pour confirmer la présence d'Arsène et la sienne. Il lui répondit qu'il réservait pour Apolline et lui aussi.

À présent, elle devait s'organiser. Une tenue de circonstance. Un « petit » hôtel. Éventuellement un endroit pour souper.

« *Tu peux arriver pour quelle heure ?* ». C'était juste histoire de ne pas devoir courir.

« *Dix-huit heures... Ce n'est pas trop tard ?* »

« *Parfait. Le spectacle commence à vingt et une heures.* »

Elle irait le chercher au bas de l'escalier qui descendait du quai où le Thalys arrivait. Elle porterait une robe noire, légère, fluide, un peu cintrée à la taille et des ballerines rouges. Sous la robe, de la lingerie noire très sage. Ce serait peut-être leur première nuit : il faudrait que tout soit parfait.

Et puis elle se ravisa : c'était très bien de tout prévoir, même une nuit d'amour. Encore fallait-il qu'Arsène ait les mêmes projets. Simon, quant à lui, lui avait envoyé la description de l'événement : de fait, il s'agissait de jeunes comédiens qui, disait la présentation de l'événement, avaient fait leurs études dans l'école où Simon enseignait. Le titre du spectacle était très parlant : *Apologie du cul*. En description, il était tout de même précisé qu'on pourrait écouter du Anaïs Nin, du Musset, du Sade. On entendrait peut-être des situations crues, mais ces auteurs étaient tout de même des références dans le domaine. Il n'y avait donc pas lieu de s'inquiéter : les choses resteraient très correctes.

On y serait vite, au 5 août.

AOÛT

Chapitre 20 :
L'Apologie du cul !

5 août

Il descendit du train… Il allait vraiment devoir choisir entre Paris pour le boulot et Bruxelles pour le privé. Ces trajets prenaient du temps. Enfin, il supposait qu'à la rentrée, les enregistrements auraient repris de manière régulière et Marine aurait recommencé les cours et les émissions radio. Et puis deviendrait-ce sérieux entre eux ? Si c'était le cas, peut-être faudrait-il envisager un déménagement… Il était trop tôt, de toute manière, pour être fixé et pour effectuer de grands changements dans la vie de chacun.

Marine l'attendait… Qu'est-ce qu'elle était mignonne, tout de même ! Avec son foulard cerise dans les cheveux et ses ballerines de la même couleur, et puis cette robe noire… Hmmmm : il se dit qu'il aimerait toujours la regarder. Visiblement, elle le cherchait des yeux.

Ils s'étaient à nouveau donné rendez-vous au pied du grand escalier descendant du quai où le Thalys était arrivé.

Quand Marine le vit, elle ne put s'empêcher de sourire, largement, très largement. Quand elle avait confié à Agathe quelque temps auparavant, qu'elle renaissait, elle ne s'était pas trompée. Elle ne se sentait plus oppressée : elle rayonnait, c'était manifeste. Elle lui fit un signe de la main. L'homme la rejoignit au pied de l'escalier, dégagea la petite mèche de cheveux rebelle et plaqua un baiser sur sa joue. Tendrement, il continua par un coin de la bouche de la jeune femme. Puis prit son menton entre ses doigts et l'embrassa avec fougue.

— Alors, ma p'tite Belge, t'en veux encore ?

Marine avait les larmes aux yeux.

— Autant que tu en as envie, mon grand Français.

Ils étaient au pied de l'escalier, mais gênaient un peu les autres voyageurs qui débarquaient du train. Certains souriaient de voir des amoureux aussi ardents. D'autres ne se gênaient pas pour rouspéter « *Vous ne pouvez pas faire ça ailleurs ?.... Enfin, c'est pas possible, ça...* ». Le couple s'écarta du passage puis reprit ses baisers.

Arsène avait passé sa main gauche dans le dos de Marine et celle-ci les siennes autour du cou de l'homme. Leurs lèvres étaient collées, scellées, presque. La langue d'Arsène s'enroulait autour de celle de la jeune femme. Le souffle de cette dernière avait accéléré au même tempo que son cœur. Cela cognait à l'intérieur d'elle : dans sa bouche, dans son ventre, jusque dans son sexe. Elle avait envie de lui… Elle se dit qu'elle ne pourrait jamais patienter jusqu'au soir…

L'homme la maintenait serrée très contre lui. On aurait dit qu'il voulait la dévorer. Les choses allaient devenir indécentes : l'un comme l'autre le sentait. Aujourd'hui, il n'y avait plus eu cette timidité des autres fois où ils s'étaient retrouvés.

— On doit prendre le tram… Et puis on va grignoter. Tu as fort faim ?

— J'ai faim de toi, Marine.

— Moi aussi, mais je pense que « nous prendre en repas », ce ne sera faisable que quand nous serons seuls. Tu ne crois pas ?

Arsène lui sourit et continua :

— Tu as bien prévu quelque chose pour moi cette nuit ? Rassure-moi…

Oui, Marine avait réservé une chambre. C'était Simon qui lui avait renseigné cet hôtel magnifique. Style art nouveau. Des chambres luxueuses. Parfaites. La jeune femme n'entra pas dans les détails.

— Bien sûr. J'espère que tu aimeras.

Elle n'en dit pas davantage. Ils auraient un gros quart d'heure à marcher, mais visiblement, Arsène voyageait léger : juste un petit sac à dos. Ses chaussures à elle n'étaient pas adaptées à la marche, mais à peine deux kilomètres ne lui faisaient pas peur : elle avait glissé ses éternelles sandales plates dans son fourre-tout. Et son ami portait des chaussures en toile confortables.

Elle remarqua tout de même que l'homme avait demandé si quelque chose était prévu pour « lui » et pas pour « eux ». Elle eut un petit pincement au cœur : peut-être n'envisageait-il pas autre chose qu'une nuit, tout seul, à l'hôtel ou chez un ami de Marine. Elle était déçue, mais sans doute cette attitude était-elle sage…

Ils prirent le tram. Arsène sifflotait *Madeleine* de Jacques Brel de manière totalement détachée. Marine essaya de l'accompagner, mais siffler n'était vraiment pas dans ses cordes ! Alors, elle se contenta de muser. Au moins, de cette manière, elle entendait son ami… De temps en temps, ils se regardaient et puis s'embrassaient. Il faisait chaud, mais pas étouffant. Ils respiraient le plaisir d'être ensemble.

Simon et Apolline les attendaient pour souper légèrement. L'ami de Marine avait pensé, et il ne s'était pas trompé, que le couple aurait envie de passer la fin de la soirée seul. Inutile de tirer en longueur un après-spectacle alors que « ces deux-là » n'auraient certainement qu'une envie, celle de se retrouver à deux, juste à deux. Marine présenta ses amis à Arsène. Le repas se passa rapidement et gentiment. Simon et la jeune chanteuse parlèrent de leur projet d'album et les lecteurs de cette fabuleuse opportunité de travailler sur *Parties communes* ensemble.

Ensuite, ils se dirigèrent vers l'endroit où aurait lieu le petit spectacle. Les comédiens étaient déjà là, au rez-de-chaussée. Leur présentation aurait lieu à l'étage et s'ils le souhaitaient, les spectateurs pouvaient prendre un verre et monter avec celui-ci pour se choisir une place confortable...

Au premier, une salle, pas très grande, carrée. Avec des bancs en bois, des coussins et un canapé trois places. Dans l'espace-scène minuscule : deux pupitres séparés par un clavier. Il y aurait donc de la musique pour accompagner les lectures. Marine avait les yeux brillants. Ils prirent place sur le premier banc à gauche. Sans doute était-il libre parce que les gens déjà installés étaient intimidés d'être aussi proches des comédiens.

La salle se remplit très vite. Les amis avaient presque terminé leur verre. Apolline descendit chercher un plateau au rez-de-chaussée pour ramener les verres vides au bar. Elle remonta assez vite accompagnée d'un jeune homme que Simon reconnut : c'était quelqu'un qui avait fréquenté les cours en même temps qu'Apolline. Les hommes se saluèrent et la jeune fille présenta Nicolas au reste du petit groupe. Ce dernier prit place à côté de sa camarade de classe.

Le silence se fit et cela commença. Marine était à la gauche d'Arsène. Celui-ci tenait ses doigts entre les siens. De temps en temps, il la regardait. Elle souriait parce que certaines interprétations étaient vraiment amusantes. Les mots étaient… beaux, réellement beaux. Cela la toucha aussi pas mal. Elle se sentait bien, là, entre les deux hommes. Apolline et Nicolas étaient assis à la gauche de Simon.

Et puis sans qu'Arsène comprenne pourquoi, à un moment, le visage de Marine s'assombrit. Elle avait les yeux pleins de larmes et respirait plus vite en étouffant des petits sanglots. Cet extrait du Kamasutra, elle l'avait reconnu : c'était celui qu'elle avait lu un mercredi soir et qui parlait de la fellation. Tout lui revint en bouffée : le fait que ce soit Adam qui sonorise, son trouble, la façon dont ses mains serraient le haut de ses cuisses, comment il passait ses doigts sur les coutures intérieures de son jeans, ses longs cils châtains, aussi, qui battaient comme des papillons, ses prunelles écume. Même s'il y avait Arsène et si les choses se passaient le mieux possible, son ancien amant squattait toujours son esprit. Bien sûr, elle était à peu près apaisée le concernant, mais d'un autre côté, elle était encore fragile. La preuve : il avait suffi qu'elle entende la description de cette pratique en se souvenant qu'elle l'avait lue elle aussi et qu'Adam était dans le studio à ce moment-là pour que…

Très gentiment, Arsène lui dit dans le creux de l'oreille

— Mais qu'est-ce qui te trouble à ce point-là ?

— Je t'expliquerai, parvint à articuler la jeune femme.

— OK. Je peux faire quelque chose ?

— Tu es là et je sais que je compte pour toi : c'est l'essentiel…

Il n'en tirerait rien d'autre pour le moment. Il fallait d'abord qu'elle retrouve un peu de calme. Il se contenta de lui caresser la petite place sous l'oreille et de lui déposer un baiser sur la tempe.

— Tu as le temps. On a le temps de se réparer l'un et l'autre…

— Merci, mon grand Français…

Marine avait pris un petit mouchoir dans son fourre-tout : elle épongea ses yeux et rendit à Arsène son petit baiser.

Chapitre 21 :
Un cœur, c'est pas
facile à réparer...

Le reste du spectacle s'était passé tranquillement. Il y avait eu des éclats de rire, de temps en temps, des moments plus graves. Les sourires d'Arsène avaient rassuré Marine. Bien sûr, il ne savait toujours pas de quoi il retournait, mais elle décida que le moment n'était pas bien choisi pour qu'elle lui parle de sa rupture avec Adam et comment cela l'avait dévastée et la rendait encore malheureuse...

Et puis il y avait ce soir, cette nuit, peut-être avec cet homme qu'elle aimait tellement à présent...

— Je n'y suis allée qu'une fois, mais je pense que je pourrais t'y conduire sans trop de mal : Simon m'a bien expliqué...

— Ah ? Tu parles de quoi, là ? demanda Arsène.

— Et bien, de l'endroit où tu vas dormir... Tu ne m'avais pas demandé si je pouvais m'occuper de te trouver quelque chose où...?

— Un endroit où on aurait pu être à deux, plutôt, dit l'homme en clignant de l'œil.

— À deux ? Pour dormir ?

— Oui, ou autre chose... Tu n'en as pas envie ? Ta faim est passée ?

Marine le regarda tendrement. Oh oui, comme elle avait envie de lui : de son corps, de ses baisers, de sa chaleur, aussi. L'assurance qu'il avait lui plaisait vraiment. Ils se donnaient la main. Les trottoirs de Bruxelles étaient vraiment incertains : tous ces pavés qui n'étaient pas alignés... De temps en temps, Marine perdait un peu l'équilibre, mais Arsène anticipait les moments où cela se produisait. Il finit par la tenir par les épaules afin d'être certain qu'elle ne tombe pas...

Ils arrivèrent à destination moins de vingt minutes plus tard. Marine donna son nom à la réception et on leur confia la clé de la chambre Ambre. Une « vraie » clé, pas une carte magnétique. Cela devait être la marque de fabrique de l'hôtel. La jeune femme savait que l'endroit était un ancien hôtel de charme... et c'est vrai qu'il en avait, du charme.

Leur chambre se trouvait au premier étage. Ils prirent l'ascenseur en se bécotant. Ils sentaient l'excitation monter davantage. « Ils y étaient presque »...

Arsène introduisit la clé dans la serrure de la chambre et Marine poussa la porte avec empressement. Il leur était de plus en plus difficile de patienter. L'homme en avait profité pour se rapprocher davantage de son amie quand elle perdait l'équilibre sur les trottoirs pavés. Elle s'était laissé aller contre lui, contre ce grand corps, plus massif que celui d'Adam, plus fort, aussi. Question tendresse, c'était différent, mais sans doute s'habituerait-elle aux élans un peu sauvages d'Arsène...

Et puis sans allumer, l'homme la poussa sur le lit. Aucun d'eux ne voyait l'autre, ni son visage, ni son corps.

— Tu me laisses faire ?

Marine lui répondit par un baiser. Elle s'empara de la bouche de l'homme, lui suçotant les lèvres, les léchant.

— Oh, fit celui-ci en s'écartant un peu d'elle... Tu es pressée, on dirait...

— Je n'attends que ça depuis… que j'étais dans mon canapé et que j'avais ta voix dans mon oreille gauche…

— Sans m'avoir jamais vu ?

— Le… pouvoir de la voix, tu sais…

Il ne pouvait voir son sourire, mais il le sentait. C'était délicieux. Sa jolie bouche s'était étirée…

Il passa une main sous sa robe.

— Par là, c'est permis ?

— Pas permis, non. Obligé…

Il ne pesait pas sur elle. Il restait à sa droite, contre elle. Sa main qui avait commencé de caresser la cuisse gauche de Marine remontait, à présent, jusqu'à l'élastique de sa lingerie… Un string. Puis, l'homme palpa une de ses fesses. Un peu ronde, juste ce qu'il fallait.

— Mais tu caches des trésors, toi !

— Tu veux voir ? Tu veux que j'allume la lampe de chevet ?

— Non, je préfère découvrir avec les mains…

Marine se laissa complètement submerger par le désir. Il s'y prenait avec agilité. Il avait retiré le string de la jeune femme très rapidement, d'une main, tandis qu'il l'embrassait en la serrant contre lui de l'autre bras. Tout était différent d'avec Adam (elle était incapable de ne pas faire de comparaisons). La seule chose qui était pareille, c'était l'excitation d'Arsène. Elle sentait l'érection de l'homme contre sa jambe, au travers de son pantalon de toile, et son souffle haletant. Cela lui faisait un peu peur. Elle se dit qu'il devait être plus sauvage…

Mais non, son nouvel amant pouvait se dominer et il était certain qu'ils allaient passer un moment sublime…

Chapitre 22 :
La première nuit d'Arsène
et de Marine

Les habits étaient épars. Une robe noire légère, un pantalon en toile, des sous-vêtements, des chaussures, un t-shirt gris…

Sous le drap fin, deux corps moites. Émergeant, deux visages à la tignasse ébouriffée. Celle assez foncée d'un homme d'une bonne quarantaine d'années et celle châtain un peu plus longue d'une jeune femme du même âge… Des yeux pétillants, des sourires leur mangeant la figure. Les visages luisants de sueur.

Ils étaient repus, c'est le moins qu'on puisse dire !

Il y avait presque deux heures qu'ils avaient franchi le seuil de la porte de la chambre Ambre. Les choses avaient commencé en douceur et en subtilité, mais cela n'avait pas duré : après quelques baisers d'Arsène, Marine s'était totalement abandonnée à lui. Et l'homme l'avait comblée : elle s'était sentie aimée, autant qu'avec Adam. Celui-ci avait davantage d'expérience, mais ce n'est pas pour cette raison qu'elle avait tellement apprécié leur étreinte. Il y avait une complicité, une alchimie qui, dans son esprit, ne pouvait se manifester que si on se connaissait mieux ou si on avait déjà fait l'amour souvent.

Les gestes de Marine étaient ceux qu'Arsène aimait et inversement. Il y avait eu des moments de plaisir que la jeune femme distillait à son amant et d'autres où c'était lui qui prenait les choses en main, si l'on peut dire. Tout semblait réglé comme du papier à musique alors qu'on était en pleine improvisation.

L'homme excellait dans le domaine. Marine avait été choyée, gâtée. Elle avait été l'objet d'Arsène. Pas un de ceux dont on se sert, mais plutôt un qu'on sert.

Après avoir remonté sa robe légère le long de ses jambes et ôté son string, il lui avait léché l'intérieur des cuisses. Délicatement. Très délicatement. Sa langue était agile, souple et surtout si douce. Ensuite, il s'était appliqué à lécher les lèvres de Marine. Elle sentait bon : un mélange de rose et de cyprine très… harmonieux. Ses doigts les avaient écartées afin qu'il puisse s'occuper de son clitoris avec beaucoup de soin. Cela avait fait tellement d'effet à la jeune femme qu'elle lui avait fait signe de s'interrompre… Ce fut alors son tour à elle de s'occuper de lui. Il était toujours habillé. Tout en l'embrassant, elle ouvrit le bouton et la tirette de son pantalon de toile et le fit descendre. L'homme s'en dégagea et l'envoya promener d'un coup de pied. Dessous, il portait un boxer. Comme il avait l'air d'être enserré dans le sous-vêtement : le tissu en était tendu… Cela donnait faim à Marine. Elle voulait s'en occuper avec autant de générosité que son partenaire avait chéri son intimité. Elle commença par masturber le sexe d'Arsène au travers de l'habit. Il gonfla davantage. Un petit soupir d'aise et juste un mot : « Continue ». Il ne pouvait pas demander quoi que ce soit d'autre tant l'excitation lui nouait la gorge. Elle le branla un peu plus vite. Ses lèvres étaient douces, mais toujours contre la bouche d'Arsène.

— J'ai envie de…

L'homme la laissa continuer

— De te retirer le reste, TOUT le reste

— Mes chaussettes, tu veux ?

Elle sourit

— Ton t-shirt, et oui, pourquoi pas, tes chaussettes !

— Te gêne surtout pas…

Elle allait enfin pouvoir passer ses doigts sur ce torse qui la faisait rêver. Elle ne verrait rien, c'est vrai, puisqu'ils n'avaient pas pris le temps d'allumer quoi que ce soit comme lumière, mais les réactions de son partenaire, son souffle et aussi son sexe qui durcissait et bougeait imperceptiblement, même s'il était toujours contenu dans le sous-vêtement, lui en diraient long. Elle portait toujours sa robe, mais celle-ci était remontée jusqu'à sa taille.

Elle lui ôta donc le t-shirt et les chaussettes, mais laissa le boxer en place. Elle déposa des petits baisers sur chacun des tétons de l'homme, descendit le long du sternum et atteignit son nombril. Le sexe de son partenaire était toujours aussi mobile : une véritable invitation à la masturbation ou à la fellation… Arsène frissonnait.

— Tu t'y prends comme une déesse…

— J'aurais pensé autre chose…

— Ah oui ?

— Mais la déesse me convient. D'habitude, on me dit des choses plus crues, mais…

Cette comparaison lui plaisait, à Marine. C'était vrai que ce qu'on lui disait dans ces moments-là, c'était plutôt : t'es une bonne salope…

— Que ça ne t'empêche pas de continuer surtout.

Délicatement, elle jouait avec l'élastique de boxer. Jusque quand tiendrait-elle le coup ? Et lui aussi, surtout lui ?

— Je ne vais pas tenir encore bien longtemps… J'ai envie…

— Dis-moi.

—… que tu me caresses encore… partout…

— Je te déshabille ?

Elle imaginait les doigts d'Arsène lui remontant la robe pour la faire passer par-dessus la tête. Et puis les bretelles de son soutien-gorge qu'il ferait descendre, la fermeture qu'il dégraferait et ses seins qui seraient libres et qu'il pourrait prendre dans ses mains pour les câliner…

Et ce fut comme cela que les choses se passèrent : les doigts de l'homme prenaient mille précautions alors qu'il était certain qu'il était dans le même état d'excitation qu'elle… Quand elle fut nue, il passa le nez entre ses jolis seins galbés puis descendit jusqu'à son pubis presque imberbe.

— C'est doux, par là.

Elle sourit dans le noir.

— Et ça sent bon aussi, mais ça, tu le sais, non ?

Il lui fit écarter les jambes et se mit à genoux entre elles. La boire, la déguster. Elle poussait des petits soupirs qu'elle essayait d'étouffer, mais cela ne servait pas à grand-chose : ils se transformaient à présent en cris chaque fois qu'il déposait un baiser sur ses lèvres rougies et gonflées par le plaisir. Du bout de la langue, il taquinait son clitoris puis il s'occupait à nouveau de ses nymphes. Elle allait hurler, c'était sûr…

— Arrête, lâcha-t-elle dans un souffle en repoussant gentiment le visage d'Arsène de son entrejambe.

— Ah bon ?

— Viens sur moi. Je veux te sentir…

— Sur toi ? Ou en toi ?

— Il vaudrait mieux que tu retires ton boxer, si tu vois ce que je veux dire…

Arsène, son cher Arsène, avait compris. Il ne lui fallut pas de temps pour envoyer valdinguer le seul habit qu'il lui restait. Il posa ses mains de part et d'autre de la jolie frimousse de Marine, il la regarda, l'espace de quelques secondes. Il faisait sombre, oui, mais leurs yeux brillaient intensément. Il pouvait lire de la fièvre dans ceux de son amante. Des questions, aussi. Et puis d'un coup, il la pénétra. Les paupières de la jeune femme se fermèrent de surprise. Mais quand il commença de faire des va-et-vient, elle les rouvrit. Elle voulait voir les regards de l'homme, mais... Toujours cette obscurité. Cela n'empêchait ni l'un ni l'autre d'éprouver beaucoup de plaisir. De celui qui remplit le cœur de satisfaction et la gorge de sanglots de bonheur.

Il y eut des murmures et puis des cris, des sexes qui se frottent, des corps qui s'aiment, des mots crus et d'autres très tendres. Il y eut un moment suspendu durant lequel l'un comme l'autre jouit. Et c'est le visage très rouge qu'Arsène dit à Marine qu'il aimait ses larmes et qu'il espérait que si elle pleurait, c'était parce que « c'était réussi ». Elle pleurait toujours après l'orgasme. Un relâchement total après une émotion trop vive. Elle lui demanda d'allumer une des lampes de chevet...

Sous le drap fin, leurs corps s'étaient compris. Émergeant, deux visages à la tignasse ébouriffée. La chevelure assez foncée d'Arsène et celle châtain un peu plus longue de Marine... Des yeux pétillants, des sourires leur mangeant la figure. Les visages luisants de sueur. Ils étaient heureux.

Leur sommeil fut entrecoupé de moments tendres, de baisers ardents et de caresses délicates.

Chapitre 23 :
Marine fête son anniversaire

Le 18 août à 14 heures.

Marine n'avait qu'une envie : il fallait qu'Agathe et Arsène fassent connaissance. Elle n'avait pas raconté la manière dont les choses s'étaient passées à sa confidente. Juste que l'homme et elle avaient « concrétisé ». Agathe était impatiente, à présent, de rencontrer celui qui faisait battre le cœur de son amie avec autant de fougue.

Cela se passerait, théoriquement, au moment de l'anniversaire de cette dernière, le 18 août. Cela tombait un mercredi… Difficile, en milieu de semaine, de rassembler tout le monde. À moins que… Le 15 août, jour férié, tombait un dimanche. Si tout le monde pouvait s'arranger pour avoir « récupéré » ce jour-là le 19, ce serait parfait. La fête pourrait un peu durer et puis Marine et Simon ne bossaient pas puisqu'on était en vacances scolaires. Agathe animait son émission de l'après-midi. Quant à Arsène, il se débrouillerait pour être dispo dès le mercredi midi jusqu'au lendemain soir…

… Et tout s'arrangea finalement très bien. Arsène qui ne connaissait pas la ville de Marine débarqua à Bruxelles. Simon le récupéra au pied du grand escalier dans la gare du Midi et ils prirent le train ensemble pour rejoindre la capitale wallonne. Simon assisterait à l'émission d'Agathe, histoire de laisser les amoureux se retrouver seuls. Apolline arriverait seulement en début de soirée.

Dès le matin, Marine et Agathe s'étaient affairées dans l'appartement de la première. Celle-ci voulait que tout soit parfait. Elles préparèrent un souper léger et Marine fit des petits zakouski et des desserts. Les convives auraient donc le loisir de choisir... Quand Agathe s'éclipsa pour son émission, Marine en profita pour donner un coup de torchon. Elle se hâta de prendre une douche avant qu'Arsène ne débarque.

Et c'est tout sourire qu'il fut accueilli chez elle. Elle était pimpante dans une robe bleue en dentelle un peu plus longue que celles qu'elle portait habituellement. Elle se sentait à son avantage. Elle s'était parfumée et ses cheveux châtains semblaient légers. Il n'était pas mal non plus avec son jeans et sa chemise noire à courtes manches.

Il donna un petit coup de sonnette. Marine le guettait. Elle lui ouvrit la porte grâce au bouton sous l'interphone : elle l'entendit gravir les escaliers quatre à quatre. Il arriva au dernier étage, à peine essoufflé : Il tenait un bouquet de fleurs tellement gros qu'il lui cachait le visage.

— Oh, merci ! C'est super-gentil, dit Marine en lui prenant le bouquet des mains. Il faut que je trouve un vase assez grand pour... mais... entre.

— J'ai pas droit à un petit baiser pour mon premier cadeau ?

Marine se retourna vers lui en esquissant un petit sourire contrit. Elle était si affairée que... bien sûr, enfin, quelle question. Comme elle se sentait stupide, à présent. Heureusement qu'ils n'étaient encore qu'à deux...

— Rhoo, je suis désolée... Mais oui, et pas qu'un petit, d'ailleurs.

Arsène s'approcha d'elle.

— Pour le moment, c'est un petit. On verra pour la suite...

Elle avait toujours les fleurs en main et sa mèche rebelle était à nouveau presque devant son œil gauche. D'un geste tendre, l'homme la prit entre ses doigts pour la remettre derrière l'oreille de son amie. Imperceptiblement, elle tendit les lèvres vers lui.

— Comme ça ? demanda-t-il... en lui déposant un baiser délicat sur la bouche.

— Attends, je pose les fleurs sur la table.

Il avait déjà passé une main dans le dos de Marine et lui caressait la joue de l'autre. Les yeux pétillant d'envie, ils se sourirent et Arsène, lui maintenant la tête à présent, l'embrassa à pleine bouche. Ses lèvres étaient douces. La jeune femme se sentait bien, comme « à sa place ». Elle laissa faire l'homme et puis ce fut à son tour de lui... manger la bouche.

— Comme je suis heureuse de te retrouver... ça a été, le trajet ?

— Long... Heureusement que Simon est venu me chercher et qu'on a fait le trajet depuis Bruxelles jusqu'ici à deux. Je ne m'imaginais pas qu'il nous faudrait plus d'une heure... Franchement, les trains en Belgique, qu'est-ce que c'est lent !

Et en plus, il se moquait d'elle !

— Mais qu'est-ce que c'est que ces sourcils froncés, ma p'tite Belge ?

Marine le regardait. Comment aurait-elle pu ne pas l'aimer, son grand Français ? Oui, il la taquinait, mais finalement, c'était vrai : soixante kilomètres en autant de temps...

— Bon, je te sers à boire ? Tu veux quoi ? De l'eau, quelque chose de plus fort ?

— Simon m'a dit qu'il avait goûté à ta sangria… S'il en reste…

— Oh, mais ça date, ça. Il est venu souper il y a plus d'un mois et…

— Tant pis… Tu as ce qu'il faut pour un mojito ? Je peux m'en occuper et t'en préparer un aussi ?

— Avec plaisir. Et puis on ira le boire sur la terrasse ?

— Ça roule…

Marine et Arsène étaient à présent assis côte à côte, face au jardin en contrebas. Ils étaient silencieux, comme pour mieux goûter à la présence de l'autre. Les souffles précipités, l'odeur un peu musquée de l'homme, la fragrance de rose de la jeune femme. Celle-ci ferma les yeux…

— Je voudrais emprisonner ces sensations pour ne jamais les perdre.

Son amant comprenait tout le plaisir et le bonheur qui leur tombait dessus. Lui aussi, il était heureux. Il goûtait chaque minute en sa présence. Elle était sensuelle sans vraiment chercher à l'être : son naturel enjoué et sensible n'y était pas étranger. Un petit sourire s'était glissé sur ses lèvres. S'il n'avait pu se retenir, il aurait esquissé un mouvement pour la rejoindre et aurait recommencé de l'embrasser. Mais non, ce n'était pas le moment. Elle voulait, comme elle l'avait clairement dit, garder ses ressentis pour toujours et le fait qu'il soit plus proche d'elle aurait pu la troubler. Ils savouraient le plaisir d'être ensemble, juste l'un à côté de l'autre. Arsène lui prit la main et déposa un baiser sur ses doigts. Elle soupira. Comme elle se sentait apaisée et sereine.

Elle se remémorait les moments où elle était avec Adam, son cher Adam. Elle eut juste un petit pincement au cœur et un sanglot dans la gorge. Elle ouvrit les yeux, les plongea dans ceux d'Arsène et lui sourit. Celui-ci se rendit compte qu'à nouveau, elle prenait sur elle pour rester digne.

— Un jour, Arsène, je te raconterai, dit-elle.

Des larmes voilaient son regard.

— Tu me raconteras ?

— Pourquoi, parfois, j'ai tellement envie de pleurer ? J'essaie d'oublier, tu sais, de me soigner. Et le fait que je t'aie rencontré, ça m'aide déjà pas mal. Mais…

— Mais le chagrin est toujours présent, c'est ça ?

— Oui… dit-elle d'un air penaud. Il y aurait beau n'y avoir que du bonheur et du plaisir dans ce que je vis avec toi, le précédent m'a laissé le cœur à vif et ça ne cicatrise pas aussi vite que je le voudrais…

— Le temps…

— Oui, le temps. Mais cela me paraît si long.

— Tu voudrais que tout soit raccourci, je me trompe ? Mais si c'était le cas, nous ne pourrions prendre le temps de vivre une jolie relation à deux, tu ne penses pas ?

Si, bien sûr, c'est à cela qu'il fallait qu'elle se raccroche, c'était si évident. Mais cela lui semblait une montagne. Cela faisait plus de six mois qu'Adam et elle étaient séparés et il n'y avait pas un jour où elle ne pensait à lui. Il y avait tant de choses qui lui rappelaient son ancien amant : un parfum un peu prégnant d'homme à peine sorti de l'adolescence, des ongles nets et propres, des petites étincelles dans les yeux, une carrure et une taille parfaitement proportionnées… Il lui arrivait souvent de croiser des hommes qui, l'espace d'un instant, la ramenaient à ses souvenirs. Même si elle se raisonnait, que sa tête « comprenait », il lui était difficile de demander à son cœur et à son corps de faire pareil… De simples succédanés d'Adam…

Heureusement, Arsène échappait à cela. À ces idées d'ersatz. Lui, il avait tant de charisme qu'il fallait vraiment être aveugle pour essayer de la comparer au précédent. Ce dernier semblait bien pâle…

Mais Marine pensait toujours à Adam. Bon, elle allait se secouer. Les autres invités allaient bientôt arriver. Il fallait qu'elle se montre joyeuse. D'ailleurs, elle l'était : là, c'était juste un moment de nostalgie. Et puis Arsène était là. Et quand elle le regardait, elle voyait tellement d'amour dans ses regards que cela la rassurait et lui donnait de la force. Et puis à présent, elle savait qu'il lui laisserait le temps et serait là pour l'épauler et l'écouter. Il fallait juste qu'elle puisse trouver le juste milieu entre ce qu'elle raconterait de son histoire avec Adam et les projets qu'elle avait envie de faire avec Arsène.

— Bon, si tu as fini ton verre de mojito, on pourrait aller préparer la table, à l'intérieur, et s'occuper de disposer les plateaux de zakouski et des petites choses à grignoter pour tes invités…

— C'est vrai, tu as raison…

— Un petit encouragement ?

Arsène avait les yeux rieurs… Marine le regardait avec curiosité.

— Tu penses à quoi ?

— À ça, dit l'homme en lui déposant un baiser à la limite des lèvres. Mais si ce n'est pas assez, tu me le dis, hein…

— J'en veux bien un autre avec un petit plus.

— De quel genre, le petit plus ?

— Embrasse-moi… Et…

Elle lui prit la main, la posa sur son sein gauche et poursuivit

— Encore un et une douceur là…

L'homme s'exécuta. La pression qu'il exerça « là » n'avait rien de douloureux. Ils se souvenaient de quelle manière ils s'étaient aimés lors de leur nuit à l'hôtel… Tant de fougue et de tendresse, quand ils étaient mélangés…

16 heures

La table était à présent dressée pour cinq personnes : Agathe, Apolline, Simon, Arsène et Marine. De la vaisselle unie, crème, sur une nappe bleue, évidemment. Arsène et Marine avaient disposé les plats de zakouski sur le buffet. Il y avait un plateau avec cinq verres vides, des cuillers long drink et des petits marqueurs de verre en silicone. Un autre avec des crudités et des sauces : yaourt, fromage frais. Marine était impatiente que ses autres invités les rejoignent.

Agathe et Simon arrivèrent ensemble. Ils avaient l'air de bien s'entendre, ces deux-là ! Agathe était un peu intimidée. De nature extravertie, elle craignait de déborder face à Arsène. Elle commença par lui tendre la joue en lui disant qu'elle était heureuse de le rencontrer, sans plus. Ensuite, elle s'assit dans le divan bleu marine de son amie où Simon vint la rejoindre. Ils reprirent la conversation qu'ils avaient avant d'arriver. Agathe se promettait de passer un peu de temps seule avec l'ami de Marine, histoire de… discuter sérieusement. Elle n'avait pas vraiment conscience du fait qu'elle tenait à protéger à tout prix son amie. Arsène avait l'air gentil et très attentif à Marine et ses intentions devaient l'être aussi. Mais Adam avait les mêmes regards et au final, elle savait comment les choses avaient tourné.

Durant ce temps, Marine et Arsène papotaient. Ils recevraient bientôt les nouveaux textes à enregistrer pour la Musardine. Ils étaient impatients de savoir s'ils auraient encore l'occasion de se retrouver. Ils étaient étonnés du fait qu'ils soient si complices alors qu'ils ne s'étaient pas rencontrés beaucoup. Oui, cela avait été intense chaque fois, mais c'était récent…

De temps en temps, ils passaient avec le plateau de crudités. Chacun avait un verre à la main, qui de vin blanc ou rouge ou d'autre chose. Simon avait donné une bonne bouteille à Marine en lui chuchotant « *Du Saint-Julien conviendrait en accompagnement de ce que tu as préparé?* ». Elle l'avait regardé en souriant, un peu gênée et étonnée. Malgré la nostalgie, elle n'allait pas les priver elle et ses invités de ce breuvage qu'elle aimait tant… Simon s'était fait un honneur de déboucher la bouteille : il fallait que le vin chambre un peu avant le repas.

— On attend qu'Apolline arrive pour t'offrir tes cadeaux ? demanda Agathe.

— Oui, c'est sans doute mieux… Mais j'ai déjà été gâtée, tu sais : une bonne bouteille de Simon, un gros bouquet d'Arsène…

— Ma petite surprise attendra, j'ai compris, dit la jeune femme, en se tournant vers Arsène pour lui faire un clin d'œil…

Marine se souvenait d'un autre anniversaire, du cadeau qu'Adam lui avait fait : combien cela l'avait touchée, ému, qu'il lui lise à haute voix ce texte d'Arturo qui collait tellement bien à leur situation à ce moment-là. Un voile un peu trouble passa devant ses yeux… Arsène, la voyant pensive, se mit derrière elle et posa ses mains sur ses épaules.

— Un petit coup de blues ?

— En effet… je ne devrais pas, mais c'est plus fort que moi.

— Je suis là, hein, t'as pas oublié ? dit l'homme en lui déposant un petit baiser tout doux dans le cou.

— Non, non, je sais. Je sais que tu es là.

Arsène, si fort, tellement sûr de lui, la fit se tourner vers lui. Il embrassa Marine tendrement. Pas juste un petit bécot, non : un baiser humide et chaud avec mélange de langues et tout et tout. Agathe et Simon se regardèrent en souriant, complices et heureux du bonheur de leurs amis.

Apolline allait bientôt arriver : on approchait des dix-huit heures. On n'avait pas encore touché aux plats de bonnes petites choses à grignoter. Simon reçut un SMS. Elle était en route et les rejoindrait d'ici une demi-heure.

***

— Vous voulez écouter les premiers mix de nos chansons ?

C'était Apolline qui avait lancé la question. Elle et Simon avaient déjà enregistré plusieurs titres, mais seulement deux avaient été arrangés par Adam. Simon regardait Marine : il espérait qu'elle ne cillerait pas et garderait sa bonne humeur. Il avait vu les larmes dans ses yeux, tout à l'heure, et comment Arsène l'avait consolée et rassurée. Il était peut-être l'homme qui la soignerait d'Adam et qui lui redonnerait confiance en la vie. Quel gâchis, tout de même !

Marine regardait Arsène et puis comme une petite souris, s'approcha de lui et lui chuchota quelque chose à l'oreille. L'homme ne savait pas que c'était Adam, sa créativité, son talent d'ingé-son, qui étaient mis à contribution pour le projet d'Apolline et de Simon. Il savait que l'ancien amoureux de Marine était sonorisateur, qu'il avait fait découvrir le binaural à la jeune femme et qu'ils avaient eu une relation profonde pendant environ deux ans. Ce que Marine avait murmuré à Arsène, c'était une demande : « Je peux compter sur toi si ça ne va pas ? ». À quoi l'homme avait répondu que oui, bien sûr, il était là pour elle.

Ce dont Marine avait peur, c'était de reconnaître la manière dont Adam bossait et que cela lui fiche un coup au cœur avec perte d'équilibre et tutti quanti…

— Oh oui ! battit des mains Agathe. T'as ça sur une clé USB ?

La voix d'Apolline s'éleva, pure, sereine. Et puis sa guitare, aérienne.

— Comme c'est beau, murmura Arsène.

Il n'avait jamais entendu la voix de la jeune fille. Ce qu'il perçut au premier abord, c'est l'équilibre entre la voix et l'instrument. Aucun des deux n'avait la priorité. Et quand la voix de Simon s'ajouta, il sut que celui qui avait mixé cela, il avait vraiment un talent fou. Marine, quant à elle, reconnut le petit delay léger sur les voix. Une bouffée de plaisirs… Combien cela lui manquait, cette magie dans les productions d'Adam ! Elle revoyait comme en film accéléré ses moues quand il sonorisait en live, ses yeux fermés quand il était sur scène et qu'il jouait du sax, ses prunelles vert écume quand ils faisaient l'amour et qu'il la regardait intensément, guettant sur son visage les signes de son plaisir… Elle avait envie de disparaître, aller se cacher pour pleurer et encore pleurer ces bonheurs perdus. Elle avait à nouveau beau se raisonner, il y avait toujours ce poids, si lourd, qui lui oppressait le cœur… Elle sentait pourtant bien que l'amour qu'elle avait éprouvé pour Adam s'effilochait parce qu'il y avait Arsène dans sa vie, à présent. Et aussi Agathe, et Simon… Mais…

Simon fit un petit signe à Arsène et celui-ci prit la petite main de Marine dans la sienne et la serra très fort.

— Je suis là, tu n'as pas oublié ?

Marine le regarda. Son menton tremblait un peu.

— Oh, Arsène, comme c'est toujours douloureux… Il y a tellement de choses qui me rappellent Adam.

— Le temps, Marine, le temps…

Après la première chanson, il y en eut une autre, d'un caractère totalement différent. Celle-ci était enlevée, plus rythmée. Simon, instinctivement, battait la pulsation en murmurant les paroles. Cela parlait de renouveau, de choses positives et agréables. Les visages d'Arsène et de Marine s'éclairèrent. Tout le « vivant » de Simon s'exprimait. La voix d'Apolline était moins présente sur ce titre-ci. Par contre, la guitare jouait des accords de manière énergique. Cela contrastait avec ce qu'ils avaient entendu juste avant. C'est seulement au refrain que la jeune chanteuse intervenait en contrechant. C'était vraiment réussi.

— Alors, qu'est-ce que vous dites de Simon ? demanda Apolline. Il assure, non ?

Simon fit un sourire gêné. Il était toujours un peu incertain de sa voix. Mais c'était vrai. Là, son organe était bien mis en valeur. Et puis ces mots, c'était vraiment ce que Marine avait besoin d'entendre.

— Tu permets, Arsène ? chuchota Marine.

— Quoi donc ?

— Que je félicite Simon en le serrant dans mes bras ?

Arsène était un peu étonné, mais il fit un clin d'œil à Simon et lui murmura

— Je pense que Marine a quelque chose à te dire…

L'homme était un brin surpris quand son amie l'embrassa sur les joues en lui disant qu'il méritait un câlin, que cette chanson, elle allait la fredonner du matin au soir tellement la mélodie était jolie et se retenait facilement. Il fut encore plus étonné quand elle passa ses bras autour de lui et mit sa main dans son dos.

— Simon, tu es un ange…

Arsène sourit en voyant l'air interloqué de Simon devant tant de feu. Il connaissait la spontanéité de Marine, du moins, il l'avait devinée. Il fallait qu'elle se reconnecte avec elle-même et qu'elle laisse ses souvenirs avec Adam bien enfouis. Arsène serait là pour elle, Simon en était certain. Il y avait tant de bienveillance dans les yeux et les gestes de ce dernier. Marine guérirait.

SEPTEMBRE

Chapitre 24 :
Des mots et des notes

La rentrée des classes avait eu lieu pour Marine, mais pas encore pour Simon qui donnait cours dans des écoles supérieures. C'est le dix septembre qu'Adam avait proposé comme date d'enregistrement à l'homme et Apolline.

Ceux-ci se trouvaient donc dans la grande maison des parents d'Adam en pleine campagne, non loin du logement que Marine occupait quand l'ingé-son travaillait chez Radio-Sonik.

Il y avait une pièce dédiée aux prises de son : de grands paravents, des micros sur pied, des instruments de musique, des amplis... Pour Simon et Apolline, ce serait facile : un micro chant avec un pupitre, un tabouret haut, un micro qu'il faudrait régler à la hauteur de la guitare de la chanteuse et un micro pour sa voix. Il y aurait quelques essais et puis, on verrait comment on procèderait : soit, ils seraient enregistrés ensemble soit on commencerait par l'instrument et la voix d'Apolline et on continuerait par celle de Simon. Il était manifeste qu'ils avaient l'habitude de travailler ensemble. C'était une force : leur complicité et la rigueur qui était la leur facilitaient les choses. Ils avaient la même exigence et un regard semblable sur ce qu'ils souhaitaient au final.

Le texte imprimé était posé sur un pupitre. L'auteur en était Simon.

Texto Chic[5]

Elle : *Fiel, duel, deux âmes au ciel*
Lui : *De lit ? ma Belle de nuit*
Elle : *Vous ici ? N'avions-nous pas dit*
Mon décati... que tout était aigri :

Duo
Nous grillâmes
Corps et âmes
Et dans l'incendie
S'éteignit
Corps et bien
Cet amour assassin

Lui : *Duel, miel*
Des lunes, des arcs-en-ciel...
Elle : *Déjà vu, ne parlez plus*
Trop entendu, horreur des re-venez-y
Lui : *Voyou, voyelle... Vous, Elle*
Ailes de hibou, vous ensorcelez...
Elle : *Vous mentez, mon trépassé*
Peine perdue, passez notre chemin

Duo
Nous grillâmes
Corps et âmes
Et dans l'incendie
S'éteignit
Corps et bien
Cet amour assassin.

---

5. *Texto* de Pierre Dungen

Elle : *Et Cazzo ! Au final*
Mon animal, mon miteux Mytho
Matou à tattoo
Sado-Myso-Jinn
Mais pas si mal
En texto :
Aurais-je encore à corps envie de nous ?

Duo :
Voyelles, voyous
À nous, à nouveau ;
À vau-l'eau
Déchirés, déchirures
Vivants, vivaces
Ayons
De l'audace, voyons !

C'était un texte percutant, avec des jeux de mots, des sous-entendus. Apolline avait tout de suite été charmée par la manière d'écrire de son complice et mentor.

Ils avaient bossé un peu, juste un peu. Les mots s'étaient bien mis sur les accords de la guitare.

Ils firent un premier essai : la guitare d'Apolline et les voix. On allait se rendre compte directement si tout se combinait bien. La prise prit peu de temps : la chanson n'était pas longue.

Adam leur demanda s'ils souhaitaient une écoute. Apolline, le casque toujours sur les oreilles, était attentive à la guitare. Les arpèges étaient propres, il n'y avait pas d'irrégularité dans le débit des notes. Simon, par contre, était plus attentif à l'harmonie des voix. Elles alternaient puis se rejoignaient. Cela fonctionnait bien. D'habitude, chacun chantait un morceau, mais jamais encore ils ne s'étaient essayés à cet exercice de « combinaison ». L'homme était satisfait. Bien entendu, il était utile de continuer de travailler, mais pour un premier jet, c'était pas mal.

— Une autre prise ? proposa Adam.

— Oui, répondit Simon. Il faudrait convenir de la manière dont on aborde les refrains. Tu vois, Apolline, on doit vraiment entrer ensemble. Il ne faut aucun décalage.

Puis, se tournant vers Adam

— Ce serait peut-être mieux que j'enregistre ma voix sur celle d'Apolline, non ?

— On peut tenter comme ça, oui, répliqua Adam. Mais il faut que tu saches précisément comment elle s'y prend avec le refrain. Ça doit être fixé. Il n'y a pas de place pour l'impro.

— Mais tu pourrais faire en sorte que…

— Oui, évidemment. Mais ça n'aura pas l'air naturel… Il vaut bien mieux que ce soit sincère, fluide, tu vois ?

Ce que Simon sous-entendait, c'est qu'Adam cale sa piste chant sur celle d'Apolline. La piste, mais plutôt chaque syllabe. Fonctionner par petits blocs qu'on ajuste et pas comme mélodies qu'on combine. L'homme savait que l'ingé-son était capable de ce genre de chose. Mais, comme Adam l'avait dit, cela perdrait en spontanéité : l'élan des voix serait en quelque sorte coupé. Apolline et Simon préféraient en général une prise complète et limiter les retouches. Les seules choses sur lesquelles Adam travaillait étaient les effets et l'ajout éventuel d'instruments. Ici, il pensait à un violoncelle qui joue en pizz : cela donnerait une assise à l'harmonie tout en l'allégeant. Une guitare seule pour ce genre de compo, c'était un peu maigre.

— Dis, Simon, tu penses à quelque chose de précis pour niveau d'un instrument supplémentaire ?

— Des cordes, pourquoi pas ?

— Une contrebasse ?

— Un violoncelle, plutôt. Il pourrait jouer des longues notes tenues ou des pizz. J'aimerais vraiment ça. Mais bon, comme c'est Apolline la musicienne, tu devrais peut-être en parler avec elle…

La jeune fille les avait rejoints près de la console d'enregistrement. Elle avait assisté aux commentaires des deux hommes et il était temps qu'elle donne son avis, même si elle était moins aguerrie qu'eux en termes de technique. C'était elle la compositrice et elle avait certainement des idées au niveau des instruments auxquels on pourrait songer pour « terminer » la chanson. Un duo avec guitare, c'est sympa, mais ça fait un peu « chanson d'ado autour d'un feu de camp » si ça n'est pas pensé réellement. Donc, oui, un violoncelle, ce sera pas mal.

Ils discutèrent encore un peu puis on reprit l'enregistrement. Ils chantaient tous les deux, mais Simon se taisait au moment des refrains. Il était très attentif à ce que faisait Apolline. Elle traînait sur certains mots et sa voix se brisait sur les derniers mots « notre amour assassin ». C'était charmant et très féminin, mais l'homme ne voyait pas bien comment il pourrait coller sa voix à ce qu'il entendait… Il évoqua la chose à Adam.

— Et pourquoi, pour ces derniers mots…

Sa phrase resta en suspens. Ses doigts s'étaient agités sur le clavier de son ordi. Il avait les yeux fixés sur l'écran : Pro Tools était ouvert.

— Simon, tu veux bien chuchoter la dernière phrase du refrain dans le micro ? Celle de l'amour assassin.

Ce dernier s'exécuta. Adam avait muté toutes les pistes. Était-on en train d'assister à un petit miracle ? Simon murmura encore la phrase cinq ou six fois. Plus lentement, avec un sourire dans la voix… Il essayait de moduler pour que l'ingé-son ait le « matériel » nécessaire.

— C'est bon, dit Adam. Je pense que j'ai ce qu'il faut.

Et puis, à nouveau, les doigts de l'homme entrèrent en action. Création d'une nouvelle piste dans le logiciel d'enregistrement. Sélection d'une section de quelques secondes, déplacement de la section, juste sous la dernière phrase du refrain enregistrée par Apolline, réglage du volume de cette nouvelle piste. Il n'avait pas eu vraiment besoin de ses oreilles : il connaissait le programme par cœur. Il savait, tant il avait l'habitude, quel était l'équilibre idéal entre le volume d'une piste chantée et celui d'un chuchotement. Il fallait caler la voix de Simon, mais cela ne dura pas longtemps. C'était comme un petit écho à celle d'Apolline et cela devait être court.

À peine deux minutes plus tard, il lança Pro Tools. Il était assis sur une chaise de bureau face à l'ordinateur. Il s'étira, mit ses mains derrière sa tête non sans avoir mis en route l'enregistrement.

Simon et Apolline étaient attentifs. Cela ne durait que dix secondes au grand maximum, mais c'était du grand art. La voix fluette de la chanteuse rejointe par celle plus profonde de l'homme qui se contentait de répéter ses derniers mots en chuchotant.

— Bravo, Adam. Tu as vraiment géré ! Tu en penses quoi, Apolline ?

La jeune fille avait les yeux rêveurs et elle souriait. Elle était complètement sous le charme.

— On peut réécouter ? demanda-t-elle à Adam.

Celui-ci lui fit signe que oui et mit la dernière phrase en boucle.

— Bon, dit l'homme, je pense qu'on est parti pour bosser jusque tard. Vous restez souper ?

— Avec plaisir. Si on attend d'avoir fini et d'être rentrés à Bruxelles, on aura trop faim... Hein, Apolline ?

— Je demande à maman de nous préparer quelque chose et puis, on s'y remet...

Leur travail sur cette chanson dura encore une heure. Ensuite, Adam mixa, ajouta des effets et fit écouter le résultat comme un premier jet, juste pour savoir si ses idées correspondaient à ce à quoi Simon avait pensé ou souhaitait comme résultat. Comme Apolline leur faisait totalement confiance, elle ne disait en général pas grand-chose. Elle admirait le talent de l'ingé-son et l'imagination de Simon qui, même s'il n'était pas musicien, s'y entendait admirablement pour expliquer ce qu'il souhaitait...

Après *Texto chic*, ils passèrent à une autre compo. Là, c'était la voix de Simon qui était prépondérante et la chanteuse avait plutôt le rôle d'une choriste. Cela ne la dérangeait pas. C'était agréable, parfois, de laisser sa voix en retrait. Et puis, avec Adam aux commandes, il était certain qu'ils assisteraient à nouveau à un petit miracle !

La soirée se termina par un plateau avec des sandwichs et trois bols de soupe.

— Vous descendrez bien prendre un dessert avec une tasse de café ou de thé ? proposa la maman d'Adam en parfaite hôtesse.

Simon et Apolline reprirent la route et c'est à quasiment minuit que la jeune chanteuse déposa Simon chez lui…

Un an plus tard...

On était à nouveau le 18 août. Cette fois, Marine ne fêterait pas son anniversaire dans son appartement. La sortie de l'album d'Apolline et Simon devait avoir lieu dans un endroit charmant à Bruxelles et ce serait l'occasion pour le petit groupe d'amis de se retrouver. Le sonorisateur du concert serait Adam.

Marine appréhendait un peu la soirée. Revoir le jeune homme après tout ce temps... Sa relation avec Arsène se passait pour un mieux. Ils avaient finalement enregistré tout l'ouvrage d'Anne V. et celui-ci figurait en bonne place parmi les ouvrages téléchargés sur Audible. Leurs voix faisaient un carton. David était ravi : grâce à ce projet, son studio était à présent très sollicité.

Agathe avait à présent trois émissions en tout sur Radio-Sonik et elle avait été repérée par la radio nationale pour laquelle Adam bossait. À la rentrée, elle présenterait une chronique dans une des émissions matinales de la radio.

Simon et Apolline se faisaient un nom dans le milieu musical. Ils avaient déjà assuré quelques premières parties et l'accueil qu'on leur réservait était plutôt encourageant. Leur album était déjà en téléchargement sur internet, mais le support physique n'était dispo que depuis quelques jours.

Et Adam... que dire d'Adam ? Lui aussi, il faisait son chemin : de plus en plus, il était appelé pour mixer. Pas des soirées ou des live, non. Des enregistrements dans des studios professionnels belges. Les artistes étaient impressionnés par les idées imaginatives qu'il avait. On se l'arrachait. De temps en temps, il ajoutait une ligne de sax sur tel ou tel morceau. Il vivait dans l'ombre d'autres, mais cela ne le dérangeait pas.

***

Arsène, Agathe et Marine arrivèrent donc à l'entrée de la salle bruxelloise. C'était simple : elle se trouvait près de la Gare Centrale. Arsène avait rejoint la capitale vers dix-huit heures, en Thalys, comme d'habitude. Les deux amies étaient venues en voiture. Ils reprendraient la route tous les trois quand le concert serait terminé.

Comme ils figuraient sur la guest list, ils ne furent pas obligés de faire la file. Quelques portes à franchir : ils étaient dans la place. Le concert se passait debout et il n'y avait, pour le moment, pas énormément de monde dans la salle. Marine et Agathe, pas très grandes, voulaient être à quelques mètres de la scène. Arsène resterait près d'elles, mais se mettrait un peu en retrait, histoire de ne pas gêner les vues d'autres spectateurs.

Adam était déjà en place : c'était lui qui sonorisait le concert, évidemment. Il connaissait les compos sur le bout des doigts. Il était donc l'ingé-son tout indiqué. Marine l'avait aperçu en entrant dans la salle. Il était à son poste, les yeux rivés sur la console dont il allait se servir durant la prestation d'Apolline et de Simon. Il contrôlait les curseurs, vérifiait si les effets étaient branchés… La jeune femme retrouva cette concentration toute particulière : il pouvait s'isoler du reste du monde, du bruit ambiant, aussi, pour régler des choses infimes. Il portait un t-shirt noir et un jeans. Elle… Non, il n'était pas question qu'elle soit nostalgique. Il y avait tout de même un an et demi qu'ils étaient séparés. Et maintenant, il y avait… Arsène.

Marine se rapprocha de ce dernier. Il lui prit la main et déposa un baiser sur ses doigts. Elle aimait cette manière de faire délicate et respectueuse. Il savait que même si son amie allait bien, il faudrait qu'elle se sente protégée et aimée en cette soirée de concert. D'autre part, il la voyait souriante et pas trop anxieuse : pourvu que les choses durent de cette manière.

— Tu veux… aller dire bonjour ?

— Non. Pas maintenant. Tu sais, je préfère le laisser dans son travail et ses mises au point.

— Mais tu iras tout de même ?

— Oui, bien sûr. Tu m'accompagneras ?

— Quelle question !

Arsène lui fit un sourire franc et ravageur. Il avait l'art de la rassurer. Elle lui rendit son sourire. Elle se disait qu'elle avait vraiment trouvé celui qu'elle aimerait longtemps parce que lui, il était tout pour elle et elle aussi en était amoureuse.

La salle était bondée. Bien sûr, les amis savaient qu'en deuxième partie, il y avait un groupe à la mode et que la majorité du public était venue pour lui. Mais en attendant, c'était chouette qu'Apolline et Simon puissent se produire devant autant de monde, même si leur set ne dépassait pas une bonne demi-heure.

Les lumières s'éteignirent. On entendit des sifflets et des cris. Apolline, vêtue du mauve et de gris anthracite, entra en scène la première. Dans les premières compos, elle était seule. Simon arriverait seulement pour le troisième titre. Et c'est là que « le feu prit », si on peut dire. Marine reconnut la chanson qu'ils avaient écoutée un an avant, les paroles et aussi, la musique entraînante. Et puis sur ce titre-là, Simon chantait la mélodie principale.

Il était déchaîné : il chanta, joua avec le public, lui faisant répéter le refrain. Le public était heureux : certains chantaient à tue-tête, d'autres sautaient sur place. Apolline et Simon étaient heureux. La chanteuse n'avait jamais eu un tel accueil. Normal : son répertoire était plutôt sage et impossible de bouger sur cette musique. Alors que cette chanson-ci…

Les titres s'enchaînèrent. Simon se donnait formidablement. Apolline souriait quand elle abandonnait son micro chant et qu'elle jouait de la guitare. Il était vraiment démonté, son partenaire ! Il y eut des applaudissements, des cris. Bref, une énergie formidable.

Simon quitta la scène en sueur. Apolline termina le set seule : il y avait encore deux autres chansons très calmes et très douces à interpréter. Quoi qu'il en soit, l'homme avait vraiment fait le show.

Quand elle rejoignit la loge où Arsène, Agathe, Marine et Simon l'attendaient, elle leur dit qu'elle n'avait jamais joué de cette manière. Simon rit et lui répliqua qu'il avait retrouvé ses vingt ans, que c'était magique, que le public avait été extraordinaire. Bref, il était très heureux de la manière dont les choses s'étaient passées. Attendraient-ils Adam ou Marine préférait-elle partir tout de suite ?

— Ça ira, tu sais, dit-elle en regardant Arsène.

***

— Alors ? Ça vous a plu ?

— C'était parfait, Adam, lança Simon. Vraiment, parfait. Je me suis éclaté !!!

— Oui, j'ai vu…

Ce qu'il voyait aussi, c'était Marine, qui semblait toute petite et dont Arsène ne lâchait pas la main.

— Et vous ? dit Adam en regardant Arsène et Agathe.

Il évitait les yeux de Marine. À quoi cela aurait-il servi qu'ils se regardent avec émotion ? Était-elle toujours aussi malheureuse ? Elle semblait en couple avec ce monsieur plus âgé que lui. Qui était-il ? Comment s'étaient-ils rencontrés ?

C'est Marine qui prit la parole.

— Oui, Adam, c'était comme Simon l'a dit : parfait. Mais c'est toujours parfait quand tu t'occupes du son. Et tant qu'on y est, je te présente… Arsène.

— Enchanté, dirent les hommes en se serrant la main.

— Et peut-être te souviens-tu de lui…

— Ah ? Je devrais ? demanda Adam, étonné.

— Tu te souviens de cet enregistrement en binaural que tu m'avais fait écouter il y a presque trois ans ? Et bien, c'est le monsieur qui était dans mon oreille gauche…

Arsène et Adam se regardaient dans les yeux à présent.

— Prends soin d'elle, se contenta de dire Adam. Elle en vaut vraiment la peine…

— Je n'ai pas attendu de te rencontrer pour le savoir…

Arsène embrassa Marine tendrement. Elle n'avait plus envie de pleurer, à présent. Elle avait l'esprit et le cœur en paix. Adam la « remettait » entre les mains de l'homme qui faisait partie de sa vie depuis un peu plus d'un an. La porte de leur histoire pouvait se refermer.

Adam regarda les amoureux. Lui aussi, il avait l'esprit et le cœur sereins à présent. Même si c'était lui qui avait quitté Marine, il avait gardé de l'affection pour celle qui lui avait tellement donné et appris. Bien sûr, ils n'avaient plus vraiment communiqué depuis leur rupture. La peur de faire mal, de blesser, d'empêcher la cicatrisation... À présent, il se sentait libre d'elle. Il la savait en de bonnes mains et comme il l'avait dit à Arsène : elle méritait quelqu'un de bien...

Vingt ans plus tard...

Ces gens resteront-ils amis ? Qu'est-ce que la vie leur réserve ? Vous êtes curieuses, curieux ?

Et bien, voilà en résumé ce qu'il se passera pour chacun d'eux.

Marine et Arsène se sont mariés, peu de temps après le concert où ils avaient croisé Adam. Quelques mois plus tard, une petite Adèle est née. Ils habitent Paris. Ils ont continué leur travail de lecteurs pour Audible. Ils ont fait la connaissance de plusieurs auteurs qui leur ont confié leurs mots, les choisissant en priorité par rapport à d'autres.

Adam a rencontré une adorable Britannique, Mary, avec qui il a deux garçons : Austin et Duncan. La famille de l'ingé-son a émigré à Londres pour le travail de l'homme. Austin a un joli avenir de pianiste devant lui.

Agathe a épousé David, vous vous souvenez, le responsable de VOA. Elle a accompagné Marine pour des journées d'enregistrement à Paris et c'est de cette manière qu'ils ont fait connaissance. Le caractère enjoué et chaleureux de la jeune femme lui a plu immédiatement. Ils ont un fils qui a vingt ans maintenant et qui s'appelle Nicolas.

Simon est resté célibataire. Il est aujourd'hui bien âgé. Il a gardé son allure adolescente même s'il est un peu voûté, à présent. Il porte toujours des chaussures de toile et des jeans. Il a écrit plusieurs bouquins sur la littérature d'amour du moyen-âge : grand seigneur, c'était sa destinée de se pencher sur l'amour chevaleresque d'un autre temps.

Apolline a eu beaucoup de succès, d'abord avec l'album qu'elle et Simon avaient enregistré. Ensuite, avec d'autres projets musicaux. Elle est toujours aussi discrète, mais elle est sous label et ce n'est pas elle qui s'occupe de booking, de sorties d'album…

C'est à l'occasion du mariage d'Adèle et de Nicolas que tout ce beau monde, mis à part Apolline, en tournée à ce moment-là, va se retrouver…

À suivre…

Vous avez aimé votre lecture ?
Découvrez les autres romans des éditions So Romance
disponibles en format papier et numérique.

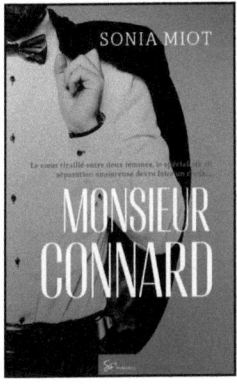

Monsieur Connard

Corentin Connard est spécialiste en séparation amoureuse. Ce jeune patron passe ses journées à briser des couples et ses soirées devant sa console de jeux. Fan incontesté de jeux vidéo, il joue avec la dénommée Éphémère2. Seulement, le jour où sa meilleure employée décide de remuer son quotidien morose, rien ne va plus. Le cœur tiraillé entre les deux femmes, Corentin devra faire un choix. Et si le destin en avait décidé autrement ?

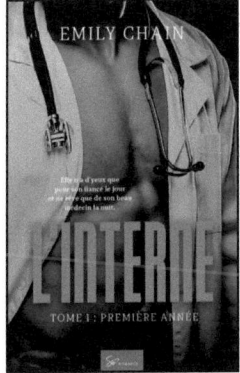

L'Interne
Tome 1 : Première Année

Devoir déménager pour accompagner son fiancé, jeune avocat à l'avenir prometteur ? Pas facile. Mais que dire quand, en plus, on apprend que l'on est stérile ? Le cauchemar pour Julia, qui avait déjà imaginé sa vie de famille... Elle décide donc de reprendre ses études et de se lancer à corps perdu dans son internat dans l'un des plus grands hôpitaux de Los Angeles. Le petit bémol ? Ce beau médecin, Dean, rencontré par hasard quelques jours avant, qui hante ses rêves les plus chauds... Tant que ce ne sont que des rêves, ça va... non ?

Le Souhait de Gwen
Tome 1 : La Neige éternelle

Faire le deuil de sa meilleure amie, Gwen, découvrir que son petit-ami la trompe avec persévérance... Rien à dire, Victoria n'est pas gâtée pour ces fêtes de fin d'année ! C'est donc sans remords qu'elle part à Samoens exaucer la dernière volonté de Gwen : grimper la montagne pour aller répandre ses cendres sur la neige éternelle. La tâche pourrait paraître difficile quand on n'est pas une grande sportive dans l'âme, mais que dire si, en plus, on est affublé d'un accompagnateur aussi mignon que grognon ? Noël n'a pas fini de nous surprendre!

U.S. Marines
Tome 5 : Au risque de se perdre

Dès qu'Alexeï Lenkov aperçoit Xénia Protasova, danseuse étoile de la troupe Mariinsky, il tombe irrémédiablement sous son charme. À son plus grand bonheur, l'instructeur militaire des U.S. Marines se rend compte que cette attirance si forte est réciproque... Mais leur union est impossible. Xénia n'est autre que l'épouse de Dimitri Bondarev, un puissant homme d'affaires russes, et est surprotégé par son frère, Sergueï Protasov, ancien militaire du FSB, le service fédéral de la Fédération de Russie...

Pour en savoir plus
www.soromance.com

© Éditions So Romance, 2020 pour la présente édition

Éditions So Romance
159 avenue de la Couronne
1050, Bruxelles
www.soromance.com

D/2020/14.771/07
ISBN : 9782390451082

Maquette de couverture : Philippe Dieu
Photo : © Marie Sacha / Adobe Stock